渔 夫
李延庆
小泥鳅儿
瘟神
三 皮
铁水儿
去年儿
大 牙
小国儿
小泥勺儿
李一落
小派头儿
大嘴怪　小猴儿　李大户
小沈阳儿他娘　　　大鬼儿
柱 子
小三儿　花生油儿　　李大硬
李主教　　孔老二
四 狼　老锅盖儿　三老爷　大叫驴　三毛儿　王老七
小地主　　一水儿　李大豆腐　　张燕青
喜 儿 半吊子 　聋 汉

地衣

李村寻人启事

李瑾 著

人民文学出版社

图书在版编目(CIP)数据

地衣:李村寻人启事/李瑾著. —北京:人民文学出版社,2017
ISBN 978-7-02-013312-3

Ⅰ.①地… Ⅱ.①李… Ⅲ.①散文集—中国—当代 Ⅳ.①I267

中国版本图书馆CIP数据核字(2017)第213519号

责任编辑　樊晓哲
装帧设计　刘　静
责任印制　王重艺

出版发行　人民文学出版社
社　　址　北京市朝内大街166号
邮政编码　100705
网　　址　http://www.rw-cn.com

印　　刷　三河市西华印务有限公司
经　　销　全国新华书店等

字　　数　145千字
开　　本　880毫米×1230毫米　1/32
印　　张　7.375　插页1
印　　数　1—6000
版　　次　2017年12月北京第1版
印　　次　2017年12月第1次印刷

书　　号　978-7-02-013312-3
定　　价　49.00元

如有印装质量问题,请与本社图书销售中心调换。电话:010-65233595

目 录

驴眼儿 —— 1

渔　夫 —— 5

李延庆 —— 9

小泥鳅儿 —— 12

打盹神 —— 16

三　皮 —— 20

铁水儿 —— 24

去年儿 —— 28

大　牙 —— 32

小国儿 —— 36

小泥勺儿 —— 39

李一落 —— 43

小派头儿 —— 47

大嘴怪 —— 51

小猴儿 —— 56

李大户	60
小沈阳儿他娘	64
大鬼儿	69
柱子	74
小三儿	79
花生油儿	83
李大硬	87
李主教	91
孔老二	96
大叫驴	101
王老七	105
四狼	111
老锅盖儿	115
三老爷	120
三毛儿	124
小地主	128
一水儿	133
李大豆腐	138
张燕青	143
喜儿	147
半吊子	151
聋汉	155

扁担他娘————159

大长脸————164

李老师————168

老　爷————173

奶　奶————178

一口闷————184

半截鬼————189

赶喜的————193

吊死鬼————198

门　框————202

李主任————207

鲤鱼儿家的————212

秋　香————217

黑五类————221

跋————226

驴眼儿

驴眼儿一辈子没碰过女人。

小沈阳儿他娘故意气他，你老婆呢？驴眼儿嘎嘎两声，还在丈母娘腿肚子里抱窝呢。赌博鬼李一落从来没赢过，不知哪天偷了几只鸡，买了个傻娘儿们，天天蹬辆三轮车，拉着个鼻涕虫在大街上一圈儿一圈儿地显摆。大鬼儿说，大叔啊，你咋不买个去？暖和被窝，还下蛋。驴眼儿干瘪煞白的脸，便落了地的树叶样儿，要那玩意儿，碍事绊楞脚的。吧嗒吧嗒嘴又说，哪来的钱啊，这辈子，就等着收兵回营了。说这话时，驴眼儿的眼神儿就散了。

驴眼儿碰不了女人了，驴眼儿今年七十多了。

驴眼儿是诨名，大号自己都不会写，叫李洪佩。我妈说，洪佩驴眼狗挂的。那天我瞅了瞅，驴眼儿看人时，头有点斜楞，眼有点耷拉，指甲盖点驴样儿都没有，倒像是下水儿，便猜不透这名字的来历了。驴眼儿家里干净，唯一值钱的，就是门鼻上的锁。大人小孩见了他，驴眼儿长驴眼儿短的，还嘿嘿几声。

别说找个女人碰碰，要不是看大门挣口饭吃，驴眼儿恐怕早就不是驴眼儿了。

人家都说，铁打的驴眼儿流水的官儿。换了十几个书记了，驴眼儿还是看大门的。几十年了，驴眼儿都搬个马扎，东瞅瞅，西望望，要不就眯着眼，把几十斤的身子，缩在日头里，打几声呼儿。我打小看着驴眼儿就来气。那时候，房子都是黄土夯的，屋顶铺的是麦秆儿。大队院却一副皇宫的样子，大门是铁栅栏的，办公室是砖瓦的，一排排钻天的杨树，一棵棵绿绿的垂柳。驴眼儿坐在门口，拿半拉眼珠到处趸摸人。小孩子们翻过墙头，掏鸟蛋，粘知了，捅马蜂窝，玩得正高兴，驴眼儿一声咋呼，咋——尖声尖气的，扎人耳管子，胆小的吓得不轻。小孩子们被追急了，就回来砸办公室玻璃。哗啦几声，驴眼儿就蹿出来，嗷一嗓子，谁啊，作死啊。

我记事儿起，驴眼儿的脸就是惨白色的。我妈说，缺营养，驴眼儿没营生儿吃。

驴眼儿他娘的脸更白，都有点透明了。驴眼儿他娘小脚，风一吹，麻秆儿样儿摇摇晃晃的。驴眼儿很早就没爹了。老人说，六二年大饥荒过后，驴眼儿家丰收了，他爹连吃了三碗秫秫干饭，喝了点水，抱着肚子打滚儿，几下就死了。驴眼儿有个弟弟，叫李洪亮，个头高高的，一副笑模样。洪亮打过越南，复员回来后，娶了个媳妇，生个闺女叫雀儿。后来，洪亮得了出血热，当成感冒治了，送到医院时，毛孔里都是血水。洪亮死了，媳妇也跑了。

把刚明白事儿的雀儿，扔给了驴眼儿。

驴眼儿脸更白了。驴眼儿每天牵着一只羊，雀儿跟着屁股后面，东游西逛的。雀儿很清秀，衣服多一块少一块的，饭也有一顿没一顿的。慢慢雀儿大了，早早就出嫁了，有时候给驴眼儿送点好吃的，驴眼儿逢人就吧唧吧唧嘴，俺女子送的哩。

我爹当书记后，大队院翻盖了，驴眼儿住进了新门房。每年收玉米的季节，我爹把扒好皮的棒子，用绳子吊到大队院平房上晾着。驴眼儿总是跟在后面，帮着拖运棒子，每次看着玉米棒子滑到空中，驴眼儿大喊两声，升天喽，升天喽，就"嘎嘎"地笑。

驴眼儿是村里的名人，没干过什么大事儿。唯一逞了一次能，差点搭上了老命。人家有了电动车后，驴眼儿眼就红眼蛋子、绿眼圈子了。那天，非要借了骑骑，电门一松，车出去了，人掉下来了，驴眼儿两条腿断了一根，在医院里躺了好几个月。瘸了腿的驴眼儿，买了个扩音机，在大队院门口听戏，一会儿吕剧，一会儿梆子。夏天的时候，苍凉的唱腔响到半夜，星凉了，地潮了，驴眼儿才一瘸一拐地回老巢去睡了。

一次我回家，大队院门口没动静了。我看见驴眼儿，就问怎么不听了，驴眼儿说，操他个娘，毁了。我掏出一根儿烟，递给驴眼儿。驴眼儿接过去，横在鼻子前，使劲儿一吸，俺娘哦，中华啊，多给几根儿吧，解解馋。我把一盒都塞给他，驴眼儿干黄的脸，一下子就有水分了。

晚上睡觉的时候，听见大队院里有人哭。就问是谁啊，妈说，还有谁，驴眼儿。后来才知道，驴眼儿喜欢喝二两老猫尿，喝完了就咧咧。

那天晚上，驴眼儿一直哭，撕心裂肺的，直到天明。

渔夫

在小卖部看了一晚上牌,正睡得昏天黑地,被爹一把从梦里揪了出来,这一百块钱谁的?我揉了揉眼,渔夫的,咋?爹说,假的,还咋!我扑棱起来了,摸了摸,这个死渔夫,怪不得一把输了二十,美滋滋儿地跑了。

渔夫是个瞎汉。

渔夫是庄里的一景儿,经常手放在胸口下,搓着手指头,俩脚踢探着,满村胡乱逛游。全庄的沟坎石土,他心里明镜似的。小孩子们调皮,在他前边放个东西,渔夫拿脚一探,就绕过去了。渔夫走起路来,两个破眼珠子来回滴溜,大脑袋左右晃荡。奶奶说,那是听事儿呢。

很早以前了,我和爹在村口露天猪栏里喂猪——那时候真好,路不拾遗,夜不闭户。现在别说露天猪栏,路上搁根儿猪尾巴,三秒钟就不见了。渔夫摸索着过来,翻翻破眼珠子对爹说,大哥啊,我看来,您家这猪,三百二十斤了。和兄弟们喝酒时,我老说这个事儿,大家就哈哈大笑,都说,他看个屁,拿腚眼子看?!

吱——一盅子就下去了。看不见归看不见，谁都知道，渔夫耳朵灵性，《西游记》里谛听一般，一堆人正拉呱，他溜达过来，三大爷、二婶子，一句话也搭不错。

渔夫是小名，大号叫李彦来，兄弟姐妹七个。渔夫他爹叫李同芳，1947年的时候，和我二爷一块儿征了兵，枪栓都不会开，就叫去莱芜打李仙洲。李仙洲被抓了活的，老蒋直骂娘希匹，说脑花长猪头上去了。我老老爷也骂娘，骂着骂着就哭开了，老二走时好好的，回来硬邦邦地躺在门板上，胸脯子上好几个洞，还是我老爷去抬的。据说，李同芳听炮一响尿了一裤子，把破枪往地上一撒，偷着溜回了家。公社要拿他逃兵，同芳把裤腿管子一提，腿肚子上钻了个眼儿，公社不吱声了，就每月给补点皇粮。很长一阵子，李同芳两眼斜楞着，在大队院里吆三喝四的，手指头指指戳戳，一副有本事的样子。

渔夫娘死得早，兄弟娶了，姐妹嫁了，家里人鸟兽散了，就和他爹堆盘子摞碗儿。

渔夫布袋里鼓鼓囊囊的，很多人眼珠子都红了绿了的。几个老头在电线杆下晒日头，同前甩了把鼻涕，谁也赶不上瞎汉，咱算是白长了两个大眼蛋子。小泥鳅儿吧嗒了一口烟袋锅子，不是赌来的就是嫖来的，反正来路不大正当。我蹲在旁边琢磨了半天，明白了点荤腥味儿，这话虽说是有点儿毒，却点到了七寸上。

农活儿忙完了，老爷们儿喜欢来两把，扔扔骰子，推推牌九，都想无本万利，从别人兜里抠点酒钱。输了的要翻本，赢了的盼翻倍，噼里啪啦没完没了，一晚上不消停。我小时候看过一次，四个人支一个小桌儿，边上围了几个押旁注的，都瞪着通红的眼，满屋臭脚丫子味儿，几个人抽着劣质旱烟，一口一口吐着自己的心事。等到嗷唠一嗓子，也就分出高低上下了。

渔夫不怕臭，也不怕烟，整天价坐在木头墩子上，等着壶里的水咕嘟。渔夫看不见，递不了眼色，捣不了鬼，大家就在他家玩。他心眼儿活，帮着买包烟，烧几壶水，谁赢了就抽点彩头，散场了留点摊子费，时间长了，渔夫腰里便硬了。一次，乡里下来抓局的，大家翻墙的翻墙，跳屋的跳屋，就剩下一脸煞白的渔夫，和一屋子烟头、杂牌。抓局的一看是个瞎汉，咣当踢了一脚，瞎子看什么热闹，提溜着手铐子走了。等等没人了，渔夫踢踏着出去了，抓局的真不长眼，俺是有良民证的，还上俺家来抓，瞎啊这是。

渔夫养了不少畜生，都是公的。每天早晨，都有人牵着牛，拽着羊，要不就拿根玉米秸，赶着头猪，往渔夫家里奔。刚开始的时候，还有人问，咋？牵牛赶猪的就说，找找。找是俺庄的土话，标准的说法是交配。渔夫不知啥秘诀，猪牛羊都溜光水滑，憋嗓子叫一声，威风得要命。时间长了，不用人赶，畜生们就往渔夫家胡同钻。听见母的来了，渔夫把门一开，公的耷拉着口水，呼地蹿出来了，往母的屁股上一趴，前爪搭在腰上，捅咕两下，就是好几块钱。要是母的不太利索，渔夫就摸索着过去，扶着公的红红的家伙，嗞溜一下子进去了，又稳又准。渔夫搓搓手，咧着嘴就笑。

渔夫一辈子没媳妇儿。那天，李商和喝了点老白干，黄板牙咬着根儿大鸡,别在十字路口踅摸事儿,瞅着渔夫溜达过来了,操你个娘,死彦来,你见过世面,找了不少猪啊,享老了福了。渔夫就嘿嘿,二老爷啊,人和猪一个味儿。李商和又说,知道不,电视里管你这户儿的叫媒婆,难听点儿的叫老鸨。渔夫说,二老爷啊,啥时候缺,给你鸨一个,不收介绍费。李商和气得咕咕打了几个酒嗝儿。

十几年前,俺家开了个小卖部,弄个烟酒糖茶啥的,有帮子人经常过来甩几把。那天晚上,李一落歪戴着帽子坐庄,咋呼得正紧,渔夫摸嗤过来了,俺二十,押天门。一落高渔夫一辈,亲爷们,明算账,拿嘴押不中,白刀子,黄金子。渔夫啪甩出一张伟人头,一落翻了下肿眼泡,娘个头,怕你,有本事全押上,一把一清。四张牌一抓,渔夫就收兵了。输了钱的渔夫拿着我破开的小票儿,哼着小曲儿就走了。一落堆了一脸红花,找猪呢,就一下,有本事再来一把,尿货。第二天,我看见一落在大街上晃悠,一把抓过来,你坐的庄,这钱得你要。一落拍了一下大腿,这个死玩意儿,真是瞎了狗眼呐。

前年夏天,同芳两腿一蹬,去了十八层。渔夫也快六十了,咧着嘴在家里哭,隔壁家李同棋他老婆说,风箱一样儿,呜呜一阵,呜呜又一阵,爹没了,渔夫算是秋后的蚂蚱了。渔夫年龄大了,没本事了,仨兄弟谁不朝面儿,姐妹几个还算行,隔三岔五送点儿汤水。

每年节假日回去时,我总看见渔夫坐在胡同口,硬邦邦的,像一块石头。

李延庆

李延庆上过吊。

说起延庆来,很多人拿眼皮都不带夹的,一辈子不显山不露水,连只鸡崽子都敢当面扑棱扑棱翅子。论辈分,他是我没出五服的大叔。我哐摸半天对他的印象,也就剩喝一盅子便成茄子色儿的脸了。以前,他常常来我家拉呱,屁股往板凳上一坐,嘴里半天憋不出几个羊屎蛋子。抽起烟卷来,倒是云遮雾罩的,有点怀揣锦绣的模样儿。

就这样一个人,居然玩过上吊,不由得让人佩服得四脚朝天。在讲他上吊的故事前,得先说说他娘。我只知道,得管他娘叫一声大奶奶,叫没叫过忘记了,也许小时候要压岁钱时喊过,但自从费劲巴拉地挣回一块糖蛋儿后,印象中再没跨过她家的秫秸门。大奶奶是个小脚老太太,走路踩高跷一样,算起来,死了快二十年了。

我从小不敢看她,理由很简单,她脑袋上有一个光溜溜的瘤子,比谁家蒸的馒头还大,红彤彤地盘在头顶上。庄里长媳少妇的,背后都咋呼她瘤子大娘。上小学的时候,经常走她家门口,大奶奶就坐在门口纳鞋底,猛不丁一看,大瘤子油亮亮地闪着光。越不敢看就越想看,看完了就胡乱寻思,那瘤子里是肉呢,还是一窝虫子呢,想完了就一阵麻嗖嗖的。

孩子们都不喜欢瘤子大娘。旧时候,县里有个电影队,每年都到庄里放几场。正在地里干着活儿,听见大喇叭头子里一阵嚷嚷,卷席筒、铁弓缘的,一般人魂儿都飞了。日头往西一拐弯儿,就去大队院子前占位置,去晚了就没有好地方。画一个大方框,或者用石头围个圈,就算全家人的场子了。瘤子大娘不管谁的地盘儿,混不吝,想怎么踢就怎么踢。一到傍晚的时候,瘤子大娘嘬着牙花子,打着饱嗝儿,提溜个马扎,晃晃悠悠就去了,找个好位置一腚就坐下。管你怎么嘟哝,她就是不动窝儿。一些气急败坏的小孩子,只能瞅着那个大瘤子,直打八卦游身掌。

瘤子大娘两个孩子,闺女嫁到了母鸡叫,延庆也娶上了小媳妇。延庆媳妇伸伸着嘴儿,也不是个善茬子,经常和邻居家捉对儿厮打。大学二年级的暑假,几个小孩子把我的书偷了,找到了延庆的孩子,延庆媳妇拍着白生生的腿,你看看,你看看,怎么能偷您大哥的书,脸上一副笑盈盈的样子,不知批评还是炫耀。

延庆干活半吊子,我爹曾和他合作种辣椒苗,这人有点儿懒,日头大高高了,也不去地里;日头还没下去,就撒丫子不见了,经常深一脚浅一脚的,老爷子嫌他碍事绊楞脚的,就分开了。直到二叔说起他上吊的事儿,我才知道延庆也是个人物。

话说十八九岁的时候，大小伙子们浑身是火，没啥事干，都在民兵屋里上蹿下跳。说起人的死法来，延庆来了好奇心，说俺上吊试试，不行俺手一扒拉，自己就下来了。大家找了根绳子，往梁上一搭，套了个圈儿。延庆把头往里一伸，就直挺挺挂那里了，手连扒拉都不扒拉，脚一蹬蹬地，周围人一阵哄笑，觉得比剪子包袱锤好玩。正笑得前仰后合，抬头瞅了瞅延庆的脸，大家就有点蒙了。延庆的脸一会儿就紫得像驴屎蛋子，舌头耷拉到下巴壳上，眼珠子快瞪出眶子来。大家伙儿一看要出事，赶紧把他放了下来，延庆翻了半天白眼儿，才捯上一口新鲜气来。老人们说，要是脖子挂在绳子上，筋脉就缩了，手就动不了了。

玩过上吊的延庆，一下子就出了名，有人碰见他就问啥滋味。延庆一边靠着墙根儿走，一边拿脚丫子踢石头，低溜着头，嘴里叽里咕噜地说，咋想不开了，也别上吊，赶不上喝瓶敌敌畏、跳池塘、憋死了，受洋罪啊。他这话似乎很权威，以后寻短见的，上吊的果然少了。

两口子一辈子没生养，延庆到处抬不起头来。那年，两口子咬了咬牙，抱回一个闺女来，取个名字叫招孩儿，出落得和花儿一样。长到十几岁了，又攒了点钱弄来个儿子，取个名字叫顺顺。招孩儿上完了技校，像水一样泼在了外县，剩个矬矬的儿子，惯得没个影儿，整天到处晃悠，偷鸡摸狗的，成了个小痞子。

急了眼，老婆就拿指头戳延庆脊梁骨，谁让你上吊的？啊？这下可好了，连个蛋都不下。

小泥鳅儿

小泥鳅儿他老婆大腿拍得啪啪的,你妈个老骚×,酒是你爹还是你祖宗,快呛死算了。唾沫星子喷个满脸,小泥鳅儿一动也不动,躺在柴火垛里,呼噜打得断断续续。他老婆骂了半天,见跟个死猪似的,就泄了气的球一样,撕了几把麦秆儿,撒在小泥鳅儿身上,哼哼甩了几把大鼻涕,一扭一扭地走了。

小泥鳅儿大名叫李洪理,他哥叫大泥鳅儿,不知这弟兄俩是小名还是诨名,我没去考究过。泥鳅儿在俺庄的土话里,有点鬼鬼祟祟的味道,还有点精明古怪的意思,反正琢磨不透,怪滑。

很小的时候,我就觉得小泥鳅儿很泥鳅儿。那时候,他家有一个汪,水瓦蓝瓦蓝的,里面种着藕。一到夏天,油绿的荷叶,粉红的荷花,蜻蜓穿来穿去,风一吹,叶子云样儿起伏,唰啦啦地响,清香飘啊散地,润到心肝脾胃肺。小孩儿们顽皮,爱去揪个莲蓬,插在玻璃瓶子里,或者撮个荷叶,顶了脑瓜皮上。每次偷偷溜过去,手刚摸着荷叶秆儿,小泥鳅儿就冒出来了,神出鬼没的,谁啊,找死啊,嗷唠一嗓子,胆小的得拉一裤子。

说起洪理来，一般人都摇头，一提小泥鳅儿，没人不知道，酒鬼啊。

　　别看小泥鳅儿个头小，酒瘾不是一般大，一天至少喝四顿，天蒙蒙亮，人家刚刚打开门闩，小泥鳅儿已经红着脖子，在门口乱晃悠了。庄稼人活儿计多，春种秋收的，别人下地提溜着水壶，他怀里就揣个酒瓶子，刨几镢头土，摸出来吱吱几口，然后仰着头晃几下，嘴里啊啊作声，一副要死的样子。地没刨完，酒喝光了，小泥鳅儿就回家了，酒哪，酒哪，没酒谁爱干谁干，老子不伺候。小泥鳅儿他老婆嘴里骂骂咧咧的，不知从哪里掏出一瓶子来，小泥鳅儿接过来咕咚两口，哼着小曲儿又干活去了。

　　小泥鳅儿他老婆娘们嘴，屁点儿的事都存不住，小泥鳅儿那点破事，全都是他老婆嚼舌头根子时传出来的。说是有一次，小泥鳅儿睡着睡着馋了，在床底下划拉了个瓶子，咚咚灌了半瓶，脑袋一歪又睡了。第二天晚上，灯里没洋油了，小泥鳅儿他老婆就去找，瞅了半天，床底下剩一个空瓶子，一趸摸，枕头上一大块油斑。小泥鳅儿正在院里拾鸡屎，他老婆两步蹦了过来，操你奶奶，洋油是不叫你喝了？小泥鳅儿愣了半天，吧嗒吧嗒嘴，我说度数这么低，骚味儿都没有，还当是你这死娘们掺了水。

　　那时候钱金贵，不像现在，一百块钱买不两滴尿水。小泥鳅儿拿着五毛钱，去集上装酒，小贩子问，装多少。小泥鳅儿说，都装了。小贩子鼓捣了半天，这瓶子小，还剩一两，咋办，再回去拿个瓶子吧。小泥鳅儿说，遛兔崽子？三里路呢。接过酒瓶子，一仰脖，咕咚咕咚全进去了。把瓶子往前一递，有地方装了。小贩子的眉眼立即直了。强儿当成笑话讲时，我们的眼也立楞了，嘴里啧啧了半天。

有一阵子，他老婆管得严，小泥鳅儿就去门市部喝。村后就李同前开门头，还专门卖散酒。乌黑的粗瓷坛子上，放一个铁皮端子，旁边摆个白茶碗。快到饭点的时候，小泥鳅儿就来了，摸出一毛钱来，打一碗酒。同前拿开盖子，粮食糟味儿就飘出来了，小泥鳅儿轻轻闭上眼，深深地一口，半天不喘气。端子是量酒的家什儿，大小不一，下面是筒状，旁边是一个长条空心把手，空心里有一块石子，倒酒时，石子当啷滚到另一端，说明倒空了，商家童叟无欺。小泥鳅儿接过茶碗，一下子倒进嘴里，也不下咽，用手捂着嘴唇，又闭上眼，一动也不动。大约一袋烟的工夫，小泥鳅儿使劲吧嗒一下嘴唇，眨巴眨巴眼，啊的一声出了口气，晃晃脑袋就走了。我们这帮孩子瞅个目瞪口呆，大老爷，他堵嘴做啥？同前笑了，怕跑味儿。又说，他得辣完舌头，过完瘾，才舍得咽。

我觉得小泥鳅儿是酒仙。第一次当喝酒是门艺术，是小泥鳅儿他们传染的，觉得没有比酒更好的东西了。有一次趁爹不在，我偷偷灌了一口，呛了个半死，还没等捂上嘴，眼泪鼻涕全出来了，咳嗽得差点裂了肺管子。以后每次见小泥鳅儿捂嘴，心里就暗自佩服。

孩子慢慢大了，小泥鳅儿他老婆就撒泼了，断子绝孙的，别喝了,再喝俩王八蛋上哪娶媳妇。两个儿子大了,没找着对象,闹心得很,摔盘子砸碗的。小泥鳅儿没办法,就买几瓶子酒,藏在柴火垛里,猫在麦秸儿里喝。他老婆去拿柴火做饭,叮当摸出几个滑溜溜的东西,一下子瘫那里了。每到晚饭时分,就听见小泥鳅儿几个闺女喊,爹呀,爹呀,俺娘叫你回家吃饭。喊了半天没动静,逢人就问,看见俺爹了没。小泥鳅儿藏酒换了地方,喝了就睡那里了,叫唤半天不搭腔。睡了一晚上,才空着肚子往家走。他老婆一看,没法治了,就扯着脖子嚷嚷,怎么不去死啊,死了省事儿啊。

我三叔说,小泥鳅儿早晚得喝死。这话差点说中了,我回家探亲的时候,听说小泥鳅儿住了几个月院。出了院后,小泥鳅儿再也不喝了,天天抱着马扎,攥着个话匣子,听评书,品戏曲。烟虽然没戒成,却是滴酒不沾了。不喝酒的小泥鳅儿背驼了,脸上却是越来越红润,步子也越迈越大。

那天,我和小泥鳅儿闲聊,递给他一支烟,二老爷,喝盅吧。小泥鳅儿就笑,你这小孩儿。狠劲儿嘬了两口,吐出一团白色的雾来,然后舔了舔嘴唇,眼神儿有点遥远。

打盹神

打盹神羽化成仙十几年了。打盹能称得上神的,我世面见得少,这辈子就识得这一个。

打盹神个儿不高,背驼得厉害,脑瓜儿和屁股平行,常常两手背在脊梁骨后,晃悠着个乌油油的烟袋包子,一拱拱地往前挪,很有点张果老的样子。我经常瞎寻思,他去吃饭时会不会一下子拱到饭桌子底下。打盹神要是看见我,两眼就放点光,皱纹跟干黄花似的,小小啊,烙个油饼吃?

小小是我的小名。听了这话,我就到处躲。

昨晚给爹打电话,才知道他叫李玉和,这也怪不着谁,打盹神的名声太响了。我四五岁的时候,还是"共产主义社会"。1984年以前,整个庄儿一个大队,下面分成几个生产队,全村劳力分工干活,按需分配。俺家的天井、猪栏、茅房,从来不用自己扫。天露头亮,玉和扛着铁锹,拽个扫帚,来拾掇东西,一阵唰啦唰啦声响后,天井就镜子一样了。

早年间,谁家里都叮当响,一家几口忙乎一年,分百八十斤麦子，算是土豪了。老话儿常说，路不拾遗，夜不闭户，这绝对不是扯淡。啥东西没有，没地儿去拾，也没必要去闭。麦子磨成面，存在小缸里。鸡叫几遍后，妈就舀出一小瓢面，加水和一和，擀成小薄饼，倒上黄绿泛青的豆油，撒上白绿夹杂的葱末，点上雪白溜细的盐粉，然后把薄饼卷成筒子，沿两头反拧成圈儿，摞在一起，轻轻按扁了，拿面杖滚几遍，一张渗着油光和葱花的油饼就成了。妈收拾干净灶膛，支上乌黑的鏊子，生着了麦秧儿，火舌舔热了鏊子，把油饼铺上去，翻几个来回，油饼就焦黄松脆软的，扑鼻的香气飞满天井。

我在旁边流口水的时候，大门外就有人说话了，烙个油饼吃？我说谁呀，妈就说，打盹神来了。话音未落，一张干黄的笑脸，探进了锅屋门口。时间长了，摸出门道儿了，鏊子还没拾掇，胡同里就喊开了，烙个油饼吃？

我从小好面子，见了打盹神就想躲。不为别的，别看他头皮快顶地上了，眼珠子尖得要命，大老远就笑眯眯地说，小小啊，烙个油饼吃？别人就拿眼神儿夹把我。同龄人中我是吃得最好的孩子，本来自豪得很，被打盹神一嘟囔，腐败分子般无地自容。

小时候，只知道打盹神是个诨名儿，等弄明白怎么回事，发现这家伙还是个奇人。

一日，打盹神家来了亲戚，他老婆让去装酒，打盹神提溜个瓶子走了。菜都炒完了，还没见打盹神回来。他老婆就让大儿子同吉去找，同吉刚到胡同口，就咋呼一嗓子，俺爹在这里。他老婆出来一看，打盹神抱个瓶子，靠麦秧儿垛睡着了，嘴夹子还流着口水。娘儿们揪住耳朵，一把薅了起来，你死这里做啥，抱窝还是下蛋？打盹神眨么眨么小眼，提溜着瓶子又走了。过了半天，亲戚饿得眼都蓝了，打盹神还没回来。娘儿们说，操他祖宗奶奶，上哪外国装酒去了。叫同吉出去一看，打盹神靠着麦秧儿垛拉风箱，呼呼呼的，瓶子歪了一边，酒漏了一多半儿。

别看打盹神老犯迷糊，满肚子神仙鬼怪的，出了名的故事大王。

电线没扯起来时，老少爷们儿吹了洋油灯，搬个小马扎，在大路边拿蒲扇拍蚊子。只要打盹神一出来，不拉几个呱，是迈不动步的。有一次，被拽到俺家门口，打盹神就讲牛郎织女，从前，有个小孩，家里穷，没爹没娘……没讲几句，呼噜声就起来了。小沈阳儿他娘啪啪拍了俩蚊子，就说，他老婆叫打盹神赶集卖蒜，卖着卖着睡着了，蒜被人偷净了，打盹神夹个破尼龙袋子回来了。他老婆说卖了多少钱，打盹神搓了搓脚底板子，不多，还不到一分。大伙儿笑得人仰马翻，打盹神被吓醒了，咳，咳，有个小孩，家里穷，没爹没娘……大伙儿就说，这块儿讲过去了。打盹神一脸迷惑，俺刚吃完饭，啥时候讲的？

庄里给每家每户划了一块自留地，专门种点葱姜蒜啥的，俺家的和打盹神家的靠一块儿，没有庄稼活儿时都去南园收拾菜。紫色的茄子肚儿滴着露水，长长的泥豆泛着淡青光，圆圆的葱叶吹了气般鼓鼓的，看着看着，就想起端上饭桌的模样。种菜不能等雨水，每家每户都在地边，扒一个几米深的池头，架一个大杠杆，靠提溜水浇菜根子。

有一次放了学，我和爹在南园浇大蒜，打盹神累了，坐在自家池头旁抽烟袋锅子。抽着抽着，打盹神扑通一声栽水里去了。他二儿子同亮没人腔地喊，救命啊，快救命啊，俺爹掉池头里去了。爹水也不打了，扔下水桶就往那跑。我跑过去的时候，同亮已经摊在地上，动不了窝了，拍打着葱叶子，呜呜地成了泪人，俺娘哦，俺爹淹死了，俺娘哦，俺爹淹死了。几个人跳进去，把打盹神捞了上来，正打算提溜着两条干腿控水，只听得呼呼几声，打盹神拉开了鼻音。同亮冒着鼻涕泡，使劲摇晃他爹。打盹神拨楞拨楞脑袋瓜子，×你妈，睡个觉也不安生。拿手一摸，妈个×，衣裳谁给浇湿了，俺又不是萝卜。

2011年，我随团去澳洲公干，跑动物园转了转，逗了逗袋鼠，又跑去看考拉。一只只考拉趴在树上，嘴里咬着半拉叶子，嚼着嚼着就睡了。一转念，忽然想起打盹神来，一张慈祥的老脸，在眼前直晃，小小，烙个油饼吃？

三皮

一大堆人堵在三皮家门口，脖子拔得跟扁嘴一样，晃啊晃地往天井里瞅。这时候，几只母鸡扑棱棱地上了墙头，剩下几只飞不动的鹅，嘎嘎地到处窜。只听见噼里啪啦几声响，八十多的三皮娘手脖子淌着血钻出来了，四十多的三皮老婆披头散发地钻出来了，二十多的三皮儿媳妇脸子上几个血道子钻出来了。

渔夫呸了口唾沫星子，搓了搓黑不溜秋的手，搞破鞋的俺见来，搞出这么大动静的，蝎子腚门子，独一份啊。

三皮是个把头，大名叫李波，五大三粗的，平常日盖个屋、抹个墙啥的，手指头一戳戳的，搁人家城里，就是地产商了。这些年，三皮东窜西蹦，眼越来越细，腰越来越粗。大前年，他家小崽子要娶女人，三皮咳嗽了两声，噌的一下拔起了一座楼。三皮骨节硬了，就想三想四。苗家曲咸鸭蛋、李村知了猴送了几拖拉机，一个腰板直的亲戚在哪里给他安排了个小队长。那天上完任，三皮胸脯拍得啪啪响，都到大酒壶那里，弄几个柴鸡，剁点小椒子，炒巴炒巴。

有了几个糟钱儿，三皮就不是三皮了。

三皮老婆年轻时水灵着呢，上了几岁年纪还贼能干，羊屎蛋子都能攥出二两油。那几年，三皮老婆在镇里打工，拔鸭毛，拔来拔去，和彭家庄的花大姐交了朋友。三皮老婆是场面人，隔三岔五把花大姐领家里包水饺。水饺包了没几次，不知咋吃的，三皮把花大姐包到被窝里睡了觉。三皮在桌子底下摸花大姐大腿，他老婆在桌子上面给花大姐夹菜，三个人都美滋滋儿的。

三皮去过县城，见识过花花和绿绿，老拉着花大姐睡席梦思。花大姐洗了几次热水澡，觉得三皮有点儿斤两，就春秋战国地折腾。三皮擦完一脸虚汗，甩个五七六千的。三皮的毛儿再多，架不住天天薅，没几年就成了秃子。三皮的脸越来越绿，牙花子龈得吱吱的。花大姐不满意了，一屁股坐在饭桌子上，三皮老婆正和着面，两手一哆嗦，才知道自己当了几年勤务兵。——俺考证过，《金瓶梅词话》第五十八回就用过把头这个词儿。谁也没想到，把头三皮居然出息成西门大官人，不卖药，卖开了贱货，浑身骚腥味儿。

花大姐说，三皮搂俺脖子说稀罕俺，要给俺钱，给还是不给，今儿个扒拉个溜光水滑。三皮老婆说，俺一辈子没睡过宾馆，三皮啊，俺操你祖宗尖儿。花大姐晃晃手里的瓶子，不给俺就喝，又拍拍腰里的刀，谁拦俺就剁了他。三皮老婆说，俺瞎了好眼啊，领回来个秃尾巴狗，你要多少，俺钱生孙子花净了。花大姐说，你家有洋楼，还有小面包，屋里还是液晶大背投，俺也不多要，三个孩子，一个孩子爹，一个月供养五千，够吃喝拉撒就中。三皮老婆一屁股坐在地上，脚丫子蹬呀蹬的，三皮啊，你爹个破鞋，你娘个破鞋，你这个破鞋，倒是放个紫花屁啊，只管抱着头塞裤裆里，搞烂货的本事哪去了。任凭两个娘儿们捉对儿厮打，三皮蹲在地上一吭不吭，鼻涕拉得比兰州面条还筋道。

花大姐有股子嘎劲儿，把她男人和仨孩子领三皮家里，当成了碉堡，又是吃来又是睡，三皮一家子鸡飞狗跳的。三皮娘的手脖子被咬出了血，哇哇地在家哭了三天，俺一辈子没出过血沫子，你瞅瞅，你瞅瞅，肉都掉了。同棋家的说，她男人脸皮这么厚啊。彦三家的也拔过鸭毛，花大姐和鸭厂看大门的都睡了，差点把人家青屎攥没了，她男人就靠这个吃饭呢。花大姐和三皮老婆领着一帮子跟屁虫，去村委会找俺爹评理，书记，你听俺说说……调解了几次，兀自分不出东西南北，俺爹一拍桌子，清官断不了家务事，当初谈恋爱的时候，咋不想着和俺说说，哪里凉快哪里待着。一旁看热闹的驴眼儿噗嗤就笑了，俺妈吆，还恋爱呢，这档次说的，不就搞破鞋嘛。

三皮老婆一气之下跑了，花大姐干脆连家里的鞋袜都搬来了，一副安营扎寨的样子。失踪了大半年，三皮老婆琢磨琢磨，不对头，又呼呼回来了，人家有钱才变坏，三皮啊，你连个屌毛没几根，咋就进了公共屎茅栏子啊。花大姐拍了几下大屁股，就你那破盐碱地，屎壳郎都不愿去尿水。那天，三皮老婆坐在俺家门口，小小，别叫大奶奶了，俺和你三婶子有亲戚，过几天得叫表姐了。

三皮儿媳妇子也跑了,几个和事佬跑去烧香拜佛。三皮亲家把酒盅子一蹾,筷子蹦了好几蹦,一家子没个好鸟,你个臭丫头,还在他家过啥劲儿,敢回去剜你个好眼,别臭作祖宗十六代了,种儿也别留下。三皮听说小崽子也要离,扑通就给花大姐跪下了,姑奶奶,饶了俺吧,家都散了,要断子绝孙。花大姐一脚踢了三皮两个滚儿,你孩子二十二,俺闺女十七,今年俺嫁给你,明年俺闺女也过来,×你妈,一家人都给你爷俩儿睡了,鼻涕泡冒了好几十,啪啪的,还想咋地?

一帮子人在电线杆底下拉呱。去年儿拿袄袖子抹了下鼻涕,这下好了,三口人㐅光棍子,这破鞋搞的,本儿也忒大了吧。渔夫说,你去搞就好了,不用打光棍子了。去年儿嘿嘿了两声,人家不答应吧,俺又不会盖屋。同前说,你家不是喂了好几个扁嘴吗?大伙儿哄就笑了。小沈阳儿他娘说,看谁还敢,哎,看谁还敢?

三皮狗屎样儿,臭得没人理了。大年初六,俺爹给三皮摆了一桌,说是压压惊,驱驱霉。三皮高俺爹一辈,以前直呼名字,这回蔫得没人样儿了,书记书记的,喊得比叫爹都亲。几杯猫尿下了肚儿,三皮的精神头上来了,书记,今儿先凑乎凑乎,过了十五去大酒壶那里,弄几个柴鸡,剁点小椒子,炒巴炒巴。吱儿,又喝了一盅,书记,半个月没来闹了,你寻思寻思,没啥妖魔鬼怪了吧?俺爹哼哼两下,你觉着呢?喝,喝个屁!

三皮抱住通红的头,一下子缩进灯影里,像晒干了的大辣椒。

铁水儿

铁水儿失踪了。

小国儿说,可能被人弄死了。在李村里,也就我还打听打听铁水儿,他死了活着的,不比一瓣榆钱子沉,没准还有的松了口气。铁水儿爱看个大姑娘、小媳妇的,眼直勾勾的,有时还跟几步,妇女见了都哆嗦,嗷嗷地往家跑,搞得一些老爷们儿牙根儿都痒痒。铁水儿是小名,要问他叫啥,得去查户籍卡了,好多人都摇头,说不知道。

铁水儿是个美男子。铁水儿弟兄两个,弟弟叫铁末儿。爹妈死得早,家里揭不开锅,铁水儿就闯了关东,找他二叔去了。不知咋捣鼓的,铁水儿进了煤矿,端上了金饭碗。铁水儿一米八的个子,住的又是单身宿舍,衬衣洗得和牙齿一样,雪白雪白的,女孩子眼神儿飞呀飞的。二叔说,咱条件不好,找个农村的吧。托人介绍了一个,女的直溜溜的好看,铁水儿姿得要死,天天往人家里跑。

铁水儿爱干净,又勤快,去了就洗洗涮涮,烧刀子一口不沾。

东北那疙瘩贼拉能喝，爷两个都能六六六、五魁首。女方家长劝了好几回，铁水儿愣是不端盅子，一副五讲四美三热爱，人家一拍桌子，咋整地，找了个娘儿们？哪里凉快哪里蹲着去！失恋了的铁水儿跑回宿舍，三天水米没沾唇，在床板上烙开了煎饼，烙完了，灌了一斤老村长，酒醒了后，嘿嘿嘿的。

铁水儿疯了。

疯子咋糊口啊，铁水儿二叔说，滚回老家吧。铁末儿娶媳妇是铁水儿掏的钱，弟弟管哥哥天经地义啊。被扔回庄里的铁水儿，再也没洗过一次脸，也没穿过一次衬衣，天天披身油亮油亮的棉衣，拿草绳子拴一下腰，晃来晃去捡东西吃。别管身上多脏多乱，铁水儿一口好白牙。铁水儿见了谁都笑，不偷不抢的，就是见了妇女迈不动步。小国儿他娘说，是个花痴吧。铁水儿天天忙着看娘们，街坊邻居叽叽喳喳的，而且一点活儿不帮着干，造起煎饼来，一个顶仨，铁末儿就觉得很丢人，也很生气，有时候二两猫尿下肚，祖宗奶奶地骂，好像不是一个爹妈。

那天，铁末儿把手扶拖拉机灌满了油，打着了火，突突突的，哥，领着你去走亲戚吧。铁水儿能听懂老二的话，多少年没走亲戚了，铁水儿就很高兴，紧了两把草绳子，爬上了拖拉机。铁末儿噗通了一上午，拖拉机的水锅都冒了白烟。眼瞅着蹽出去一百里，过了沂水了，哥，你先下来，俺去加点水。铁末儿掉过头来，噗通噗通回了家。过了好几天，有人问，你哥呢？铁末儿说，不知道啊，要饭去了？

过了一个多月,铁末儿正在家吃大包子,门一响,铁水儿回来了,瞅着铁末儿就笑,白牙依旧一闪闪的,只是人更黑了,头发也更长了。铁末儿手一哆嗦,包子掉在地上,铁水儿捡起来就往嘴里塞,去哪里加水了,怕你急得慌,俺自己回来了。铁末儿的脸就绿了,直勾勾地盯着他哥。他老婆啪地拍了一巴掌,你也疯了?铁末儿吃不下去了,扛着镢头下了菜地。

铁水儿还是不干活,到处瞅大姑娘、小媳妇,饿了就去集上拾个烂苹果,要块馊馒头。铁末儿把拖拉机加满了油,另外多带了一桶,拿了几个大包子,哥,俺领你玩儿玩儿去。铁水儿吃着大包子,坐在车斗子里,跟过年似的美。铁末儿噗通了一天一晚上,瞅瞅差不多了,哥,你先下来吃包子,俺去换换轮胎,哪个王八蛋搁个钉子,把车轱辘扎透了气儿。铁末儿调过车头,一口气跑回了家。他老婆说,扔哪去了?铁末儿说,俺也不知道,潍坊还是济南?累死俺算了,长征似的。

大半年过去了,铁末儿正和亲戚拉呱,门哗啦一下子,铁水儿回来了,脸黄不溜秋的,腰弯得不像样了,白牙也少了好几颗。铁水儿看见老二,趴在地上哇哇地哭,一把撕开自己的棉衣,左腰眼子半尺多长的疤,缝了二三十个针脚。他亲戚人怪善的,把铁水儿拽起来,盘问了半天,才明白咋回事。

铁水儿被送走后,跑到诸城县城里要了饭。那天,被几个人用烧鸡骗到玉米地里,捆了手脚,堵了嘴眼。那几个人用刀挑开了铁水儿的左腰,没打麻药,生生摘去了他的一颗肾。据说,打麻药会影响肾的功能，铁水儿疼死了好几次，醒了后咬掉了几颗牙。那几个人还算有良心，给铁水儿止了血，缝了针。铁水儿捡回来一条命，要着饭回了家。小沈阳儿他娘听说了，抹开了眼泪，铁水儿还没疯实心啊。

摘了肾的铁水儿还是到处逛游。铁末儿打着了火，突突突地，又把他哥送走了。回家后，铁末儿拾掇拾掇，门鼻子一锁，和老婆孩子下了关东。俺庄里有个卖菜的说，他曾看见铁水儿在诸城晃悠。好几年过去了，铁水儿再也没回过家。俺庄种大棚蔬菜的，经常有去诸城贩卖的，闲着没事到处踅摸，到现在没看见铁水儿的影子。

小国儿说，铁水儿那颗肾也剩不下，说完就叹气。俺每次回庄里，都盼着能看见铁水儿，嘿嘿嘿的，牙一闪闪的发亮光。

去年儿

二叔家盖二层楼，缺小工。李彦树说，找去年儿吧，去年儿能干，就是别呛着他，是个顺毛驴，屁股拍两下，一气儿能干到大天明。去年儿长得和扑鳖一样，但搅起水泥来，一板一眼的。我说，去年儿这么能干啊？！去年儿眼里一下子就放出了光，铁锨抡得呼呼的，嘴里却说赶不上你能干。我说，给你拍几张相片，拿北京去找个媳妇儿。去年儿铁锨都不会抡了，那行，那行。

去年儿想娘儿们。去年儿都快四十了。

小沈阳儿他娘说，去年儿是光棍子货了，多少银子都换不来个娘儿们。

去年儿家里底儿朝天的穷。他爹名叫李一顺，却一点儿都不顺，黄河水一般，九十九道弯儿。老了老了，还得了个呓语症，自己和自己说话，一问一答，有时候还抢答，说起来，死了十来年了。他娘前两年疯了，瞪着眼蛋子，到处瞎窜，急了眼，连狗屎蛋子都捡起来尝尝，去年儿没办法，拿根绳子拴了猪栏里，当牲口喂了。他姐叫提，早早地嫁到彭家庄了。大哥叫大虎儿，二哥大狼儿，都结婚了，日子过得麦秆一样。这年头银子才是大爷，去年儿一家子受的白眼不少。没人和他玩儿，就和渔夫做了朋友，天天黏在一起，孟不离焦，焦不离孟，两口子似的。同棋家的说，去年儿是渔夫的眼。

穷也就罢了，坏事就坏在邋遢上。去年儿大字不识一个，闲油子样儿到处逛游。褂子老披在身上，敞着个怀儿，冬天最多捆一下，横竖像个几袋弟子。好鞋也跟呱嗒板子一般，趿拉着穿，几天工夫跟儿就一个窟窿，简直就是老实版的二流子。

大年初三，好多有车的主儿，都开始祭车。爹说，不知哪里刮来的妖风，拿车当祖宗供养。一般人家都把车开出来，车前摆上一桌子鸡啊鱼的，放上几把菜，生菜表示生财，芹菜代表勤财，韭菜暗示久财，然后东南西北四下烧纸，鞭炮噼里啪啦一阵响后，转圈儿撅着屁股磕头，嘴里念念有词，比伺候王母娘娘还隆重。那天，去年儿骑着电动车逛荡，有人说，去年儿，人家都祭车，你不祭祭？去年儿当了真，从筐子里拿出半挂鞭炮，提溜在手里，就要点。大家说，挂树上，别炸着。

去年儿一看周围人多，更起劲了，一手把着车，一手提着冒烟的鞭就跑。大家一喊好，去年儿脸上油光闪亮的。电动车快，车把一歪歪，一下子钻沟里去了。去年儿半天没爬上来，在沟里哎哟哎哟的，忘了买鸡和鱼了，操他娘，出车祸了。小国儿说，谁叫你不磕头的。去年儿爬起来，咣咣磕了三个头。

去年儿看着大姑娘小媳妇的，就流口水，眼珠子和图钉一样，按在人家身上拔不出来。瘦儿他媳妇就说，俺给你介绍个吧。瘦儿他媳妇不太正常，神经一阵阵的，后来喝药死了，都快烂了才在玉米地里找到。

去年儿姿得要死，两条腿都不会劈叉了，脸上泛着绿光。回家捯饬了半天，出来后，李同前看见了，差点岔了气。去年儿穿着凉鞋，露着大黑脚丫子；一件大裤衩子，油污污的透亮；不知从哪里借了件西服，软塌塌地挂在身上；脖子里缠了条红包袱，风一吹晃啊晃的。手里攥着二斤糖块，满脸白花花的雪花膏。瘦儿他媳妇看了半天，翻了翻眼皮说，挺好哇挺好。和去年儿骑着一辆自行车，呼呼地下了郑家营儿。一些老娘们听说去年儿要对象，都坐在村口电线杆子下，叽叽喳喳地等信儿。

没多大工夫，去年儿嘴边挂着白沫儿，戴宗似的风一样跑了回来。一屁股坐在电线杆底下，嘴张得蛤蟆似的，伸直了脖子喘粗气，脸上红一道白一道的，没个人血色了。渔夫就问，咋了，去年儿，对象呢？去年儿甩了一把大鼻涕，操他娘，命差点没了，还对象，屁啊。

瘦儿他媳妇领着去年儿，刚进了女方家的门，一个大姑娘花花绿绿的，瞅着去年儿就笑。去年儿浑身都酥了，赶紧把糖块捧过去，哪知道大姑娘回身抽出一把菜刀，奔着去年儿就砍，瞅你那破样儿，还要找俺，咋不找你奶奶？去年儿吓得一哆嗦，扔了糖块就跑，被大姑娘撵到了沂河边儿，凉鞋都跑没了。

小国儿他娘说，瘦儿家的，你给找的啥人啊？咋不要糖块甜甜嘴儿,还要人命啊?瘦儿他媳妇说,俺不知道啊,人挺好的,就是有点神经病,俺寻思闲着也是闲着,还不如给去年儿。东西少了吧,握握手,九千九,见见面,一万块,他提溜斤破糖块,换成俺也砍他。去年儿这回缓过劲儿来了,你不早说,可惜了二斤糖块,脚都破了,还有一双凉鞋。

过了一段时间,有人说,去年儿,不去看看你对象?去年儿抓抓头皮,俺不去,让她砍着。又有人说,去年儿,给你介绍个对象?去年儿眼珠子努努着,真的?郑家营儿的可不要。

那年,瘦儿他媳妇在玉米地里死了,扔下了一个一岁多的孩子。去年儿翻了半天口袋,买了一刀烧纸,送到了棺材前。

大牙

没有大牙的大牙,依旧被喊作大牙。

大牙是我堂四叔。以前姓李,后来姓王,现在又开始姓李了。这事儿说来话长。三老爷中年得了神经病,喜欢打老婆和孩子,而且出手便是白骨爪,往死里干。老老爷一看不行,就给他们离了婚。早年间,离婚比剥皮还丢人,前三奶奶觉得现了眼,就领着大闺女、大儿子、二儿子,抱着四儿子,一把鼻涕一把泪地下了关东。彼时,大牙的大牙还没长出来,听说满嘴的乳牙整齐又漂亮。前三奶奶徒步往北,一口气儿到了黑河,经人牵线,嫁给了二龙山农场的一个姓王的老头,就大牙年龄小,不懂事儿,顺嘴儿姓了王。长大了,就在农场落了户,说起来,还是端金饭碗的职工呢。

十来年前,大牙不知哪根筋有毛病,好端端的工人不干,非要回村里落户。爹那时是村长,蹿上蹿下,给他转户口。爹一看户口本,说不行,你咋姓王呢?那天,爹端着酒盅子,吧唧了一会儿嘴,说,老四就叫彦畅吧,土是土点儿,讨个口彩儿,一畅百畅。大牙挠了挠头,他忘了自己秃头,挠出几道血印子来,说,中,听大哥的,干,干,都干了。

这是我听五叔说的。

五叔说,大牙回来落户,没这么简单,你看他老婆,一看就是硬茬子,丈母娘离咱庄近,不会让大牙倒插门吧。喝过墨水的五叔,看对了事情的一半儿。

第一次见到大牙,他正在啃西瓜,我当时岔了气。大牙遗传三老爷,是个秃噜瓢子,就转圈儿根毛。最好玩的是,他长了两颗大牙,伸出嘴唇外好几厘米。他吃西瓜,根本不用切块儿,把大牙往瓢里一搭,吸溜一下,就进肚里了,干净又利索。奶奶实在受不了了,就说,您四哥,你咋不拔了?大牙一嘴东北腔儿,大娘,拔了干哈啊,留着啃西瓜的。奶奶就笑喷了,半天没喘上来气儿。大牙回来没几天,五叔就给他取了这个外号。全村人都知道他叫大牙,只有大牙不知道自己是大牙。

那年春节,媳妇儿跟着我回老家过年。媳妇儿很小就出国了,不谙世事,直筒子,有啥倒啥。大家团圆的时候,我们怕大牙孤单,总是叫过来一起喝酒。轮到媳妇儿敬酒,她端起杯子说,祝大牙叔叔新年快乐……话还没说完,满屋子人愣了下,就乐趴下了。乐得媳妇儿满脸通红。我说,你不能这么叫。媳妇儿说,你们不都这么叫吗?三叔说,小王是个实在孩子。大牙一脸窘相,嘴里嘿嘿嘿的,拼命用上嘴唇盖那两颗大牙,可还是露出了半截儿。

大牙在东北那疙瘩,是拖拉机手,一年就干一季子,剩下的时间大雪封地，他没事就打扑克、唠嗑儿。命苦点儿，但没受过罪，回到村里后，一下子就懵圈了，地不会种，还到处打工。那天，五叔说，大牙在墙根儿那抹眼泪呢。爹哥几个听了，就唉唉地叹气。

人勤地不懒。大牙干活儿舍得卖力气，自己拉起平板车来，一拱一拱的。农闲时，就在婶儿身上耕耘，没几天，肚子就大起来了。大家一下子就明白了，他回来是要儿子。大牙有个姑娘，从小跟着姥姥长大，和父母不亲，婶儿嘴皮子又不饶人，这姑娘天天横眉竖眼的。大牙和婶儿灰了心，农村可以生二胎，就转回来了。

婶儿肚子一天比一天大，大牙就去给三老爷上坟，道个喜讯儿。磕头的时候，我说，四叔，肯定是儿子。大牙正趴在地上，听我这话，嘴一下子咧到了腮帮子，牙差点儿咬到了供桌。站起身来，两手直搓巴，牙一晃晃的，不知道说什么好了。回去的路上，我严肃地说，四叔，牙得拿了哇，儿子生出来，不吓得天天哭啊。大牙想了想，说，大侄子，你念书多，听你的，找个黄道吉日，我拔了，跟了这么多年，怪不舍得的。大家就笑。

不久，婶儿生了，果然是个带把的，大牙高兴得不行，天天眼里冒绿光，嚷嚷着请客。大牙和五叔平时都不喝酒，摆宴的时候，大牙说，五哥，你别那哈，得多整点儿。五叔说，整那么多干哈啊？大牙杯子一晃，你不干哈能干哈吗？五叔说，平时让你干哈，你咋不干哈？二叔急了，你俩人都别干哈了，快干哈吧。

十月一回家，在路口碰到了大牙，我总觉得不太对劲儿。仔细一看，两个大牙没了。我问，拔了？他嘿嘿着，拔了，烤瓷的，被忽悠了，一千多。我说，帅多了。他一摸下巴，就是啃西瓜不得劲儿，得切了。拔了大牙的大牙，还是被喊作大牙，十几年了，一直没停过。虽然"彦畅"这名字很少叫，但算是起着了。他生了儿子，买了楼房，除了累点儿，啥都挺顺畅的。

我就是觉得，有些名字不好改，就像老林里的栗子树，枯死了多少年，还硬硬地站立着，像是等着谁来叫。

小国儿

我怕谁呀，啊，我怕谁呀！小国儿大腿拍得啪啪响，眼直勾勾的，你说说，我怕谁？大家哄地笑了。一般人都知道，小国儿灌上半斤老猫尿，就手舞足蹈地，找不着北了。小国儿好酒，一天不喝，能把手指头嘬破了。老少爷们说，整个村后，一个人能把自己灌趴下的，除了小国儿这个驴屎蛋子，再也找不出第二个。

小国儿大名叫李彦雷，兄弟姐妹六个，他是老小，打小就惯得没边儿。他爹外号"赤脚大仙"，行二，得了病，找个巫婆掐了掐，夫妻在一处，主妻早死。老婆脸一下子没了人色儿，把赤脚大仙赶出去，到死没见过。村里照顾他爹，池塘边有块林地，就让他去当奶头山把守了。二木匠家闺女跳过池塘，捞出来时肿了十八圈儿，大家提起池塘来，脸上总是阴晴不定。很小的时候，我就问，二老爷，你在这不怕啊？他就笑，每天早晨，小鬼儿沿着池塘跑步，我喊号子，一二一，一二一。我听了，一脸崇拜。

小国儿识字不行，摸起鸟蛋来，比摸自己的还趁手。天天伙了一帮子小孩，在邻村拍腚门子跺脚，刺痒大姑娘小媳妇儿的。

大学暑假回家，我就问，小国儿，娘儿们啥味儿？他嘿嘿嘿地，软，软啊。旁边的人听了，口水直刺刺。

小国儿的样儿确实不错，打工时，济宁的很多识字班都喜欢。那年回家，他娘给领了一个女的，模样老老的，小国儿不同意，说，我有了。他娘扑通就跪下了，祖宗啊，你有鸡屎啊，咱家叮当响，你还不办事，想让赤脚大仙断根啊。小国儿说，大的我不要。他娘就说，操你奶奶，女大一，抱金鸡；女大三，抱金砖，大了，疼人。再说，只要下种，能结果，你管大小老幼！这些话，我是不知道，那天，小国儿喝了半斤，想起济宁的高什么花来，鼻涕一把泪一把，往外倒苦水。

结了婚，小国儿三天不上床，自己在锅屋里烙饼子。他娘说，你作死啊？小国儿说，难看，不想睡。他娘说，关了灯，公母都一样，认命吧。小国儿一脸眼泪。到了晚上，堂屋和锅屋的灯都灭了，他娘才菊花似的家走了。

儿子落地了，小国儿发现不对头，倒不是媳妇儿搞了破鞋，而是她一天到晚念念有词，说神婴神婴之类的，小国儿头嗡嗡的，完了，媳妇儿入了教。小国儿一蹦三尺高，操你祖宗，你这个死娘们，和我睡了一年多，才发现你是个妖魔鬼怪长虫精。小国儿连哭带叫，把菜园里的大棚都点了。老婆一看，现了原形，索性在家里做开了法事，饭前祷告，饭后祈祷，还弄些奇形怪状的条幅，啪啪地往墙上糊。

那年春节，两口子半夜又捉对儿厮打。我去拉架，他媳妇儿啥父、啥母、啥婴三位一体的，说了半天，说得我这个大博士，腰粗了好几尺。最后说，小小，你看俺手。我一瞅，全是口子。我一下子就明白了，穷思神，累思变，闺女大了就思春。我和小国儿说，得搞经济啊，只一根儿硬，不中啊。小国儿眨巴眨巴泪眼，不作声了。

这两年，村里兴起了鸭业，一下子全国闻名。小国儿去打工，他老婆就养猪，腰板儿直了不少，忙起来，就没工夫吵架了。过年喝酒时，我说，挺美啊。小国儿吱儿一盅儿，美个屁，死娘儿们，不磕头，不上坟，爹娘死了不哭，说去了天堂，还是人吗？我说，为啥？小国儿嗨嗨地揪着头发，人家不信这一套。强儿在旁边说，大哥，你不知道，他家三间屋，一人一半，这边贴春联，那边贴啥父。小国儿说，一家两制，互不干涉内政。那天，她把啥父贴我床头上，我嗷嗷地撕了，说，你再敢贴，我把你那边贴上福字。我夹起一块冷肉，咋？不在一块睡了？小国儿嚼了一颗花生米，人家是神，我可睡不起。

喝完酒，我去厨房看了看，收拾得很干净，就是大锅前，并排贴了一张啥父、一张灶王。我说，腊月二十三，咋供养？小国儿眼已经直了，谁厉害，供养谁！我是谁呀，啊，我是谁呀！

说这话时，他一脸济宁陶瓷样儿。

小泥勺儿

老少爷们儿说，小泥勺儿真有出息，扒过坟，盗过墓。说完，都啧啧的。老实话，村里骑墙扒灰的有，要说盗墓的，小泥勺儿可是头一份儿。连去年儿都说，人才啊。说这话时，耷拉着鼻涕的去年儿，满脸鸡鸭鹅猪羊。

泥勺是什么东西？就是泥瓦工用的铁匙子。小泥勺儿没两张煎饼高，但是附近闻名的建筑好手，刚出道时，专门给人和泥端沙，不知咋落下这么个诨名儿。那天，大家说着小泥勺儿的英雄壮举，有人见我一脸茫然，就说，是李彦文。我立即哦哦哦的，忙问，他那熊样儿，还敢扒坟子？

小泥勺儿是洪学的小儿子，三十啷当岁。爷五个加上他大爷，个个嗓门大，脖子粗，通红的大眼皮，说起话来认死理儿。大夏天在路口乘凉，听不见人言动静，全是爷几个吵成一锅粥的响声。有人半夜起来尿尿，兀自听见争论鲫鱼一斤的好吃，还是斤半的有味儿。小时候，他家人吹牛，说自家老老爷是大侠，一跺脚，能上房窜瓦，三侠五义似的，后来打汉奸阵亡了。我老老爷说，满嘴放凉屁，他是还乡团，喝多了酒，点烟，把自己烧死的。

小泥勺儿家里穷，老大不小了，没找着个娘儿们。有人给介绍个了离异的，小泥勺儿盘算了半个多月，见了媒人，抽了一下牛鼻子，半货头就半货头吧。结了婚，有人问，半货头啥味儿啊？小泥勺儿吧嗒吧嗒嘴，回锅肉，越香。

女人大了，知道疼男人。媳妇儿把小泥勺儿当儿子养着，吃香的，喝辣的，就差抱在怀里喂奶头了。今年春节，小泥勺儿和李高义在镇里喝酒，喝着喝着吵吵起来了。回家后，高义觉得都是自家爷们儿，趁着酒兴，想到家里理论一番，刚进门口，小泥勺儿媳妇儿就蹿出来，泼了命地骂。小泥勺儿以为打起来了，跑出来帮忙。高义见势不好，给了小泥勺儿一砖头，小泥勺儿急了，一脚把高义踹趴下，脸都打破了。第二天，高义他娘碰见小泥勺儿，你奶奶个熊啊，把俺儿子打毁了。直骂得口吐白沫，昏天黑地，五脏六腑全晾干了，把小泥勺儿从村东追到村西。小泥勺儿说，小小啊，能和老娘儿们一般见识吗？真护犊子啊，差点儿把俺咬了。她他娘的再骂，俺把俺娘儿们也放出来！

驴眼儿听了，嘎嘎的，您娘儿们是大狼狗还是黄老鼠啊。小泥勺儿手往袖子里一抄，眼皮更红了。

话说2008年，小泥勺儿和几个泥瓦匠，在丈人家盖猪栏，盖着盖着天就黑了。老丈人拾掇了一桌子，几个人喝开了。一斤酒下肚儿，小泥勺儿就说，大哥，猪栏规模不……不小啊，你放心，两天修理得明白的。老丈人大拇指一挑，好……好兄弟，明年来吃猪下水。丈母娘咣当一声,把馒头扔在桌子上,再喝得管俺叫奶奶了。

喝完酒,小泥勺儿非要摸几把。媳妇儿知道他好赌,连忙把桌子抹巴干净了。小泥勺儿桌子一拍,提前说好,不管丈人和小舅子,赌场没爷们,谁捣鬼谁死老婆。打了几把,小泥勺儿说,不打了,没钱了。老丈人斜楞着眼说,小泥勺儿,俺闺女跟着你,倒了八辈子血霉,你看瘦的,还剩一百六十来斤,嫁到你家时,快一百八了,你娘个穷鬼啊。小泥勺儿最恨别人叫小泥勺儿,桌子一掀,蹬上电驴子,一歪歪地,呜呜地跑了。

半路撒尿,小泥勺儿兀自嘴里骂个不停,也不想想,你闺女还不到一米五五。榆林子老房说,咱盗墓吧,来钱快,不比泥瓦工强?小泥勺儿酒壮尿人胆,去哪盗?老房说,莒州,俺挖过一次,弄了个玉佩,卖了一万九。小泥勺儿说,真的假的?老房说,骗你你是俺丈人。几个人又蹽了一脚,直扑六十里外的莒州。

小泥勺儿刚用泥匙挖了几下子,一把刀就顶到脑袋上。小泥勺儿腿肚子一软,被人拖到小黑屋里,带鱼一样挂起来,用皮带抽了一晚上。抽得小泥勺儿连偷了几根黄瓜,爬过几次女屎茅栏子,都交代了。小泥勺儿说,你们不是公安,哪有权力抓人?人家不吱声,只还是打。小泥勺儿说,祖宗老爷亲娘啊,黑吃黑呀,别打了哇,再打就死了啊。那些人这才罢了,每人要了五千块,叫家里来送赎金,收了钱,抬着几个半死的,往路上一扔,拍屁股就走了。

小泥勺儿在家躺了半个月，又出来抹墙了。有人问，扒人家坟子，搞到啥了？小泥勺儿嘴一扁，二斤猪头肉。那天晚上，在强儿家鸭棚里喝酒，小泥勺儿把经过说了一遍，很真诚地说，小小，盗墓是来钱儿，搞不好就喝不成酒了，这辈子，再也不敢想天鹅屎了，叫人家打死了。

说完，吱溜一下，一饮而尽，好像喝的不是酒。

李一落

爷们儿，打把儿？一落觍着个脸，很诚恳的样子。我说，打把儿就打把儿。一落嘿嘿两下，借俺俩儿中不？赢了就还。我一瞪眼，上您丈母娘腿肚子抱窝去，拿我的赢我的，就你精？！一落翻了翻眼皮，讪讪地走了。

说起一落，村里没有人不知道。我打了这么年牌，真正称得上赌鬼的，就他一个。不是牌技好，是牌瘾大。小泥鳅儿说了，一落打起牌来，阎王爷来了，也得在大门口抽几晚上烟袋，慢慢候着。

一落好赌，可惜从来没赢过。

一落他爹九十多了，白天春种秋收，晚上伺候老伴。他家的菜园子，和我家的挨在一起，对我很和善。前几年，我还特意嘱咐爹，年底，村里要给他一份救济。可惜，杯水车薪。后来，我回家，看菜地里没东西，就问。有人说，死了，他娘也饿死了。这么看的话，一落弟兄三个，一对半不是玩意儿。聊起这事，李大户吐了一口浓痰，死了好，享福啊。说这话时，大户尾音拉得有百八十斤重。

　　一落年轻轻的，就下了关东。刚开始，听说天天大米干饭，一些人嘴里呜里哇啦的外国语，透着一股不服气的羡慕。后来，又听说天天砍大树，这些人鼻子里当哩个当地砸门框，下关东？咋不被黑瞎子拍死？有一年，一落回来了，提溜个尼龙袋子，瘪了吧唧的，一看就知道喝了西伯利亚的屁。问起来，才明白咋回事。一落在东北砍木头不假，是正儿八经的工人。可惜，手把不干净，每到发工资的时候，一落身边总围一群人，嗡嗡嗡的，骰子甩得比二踢脚还响，一天就没了。人家都娶上了媳妇，生了崽子了，一落还是哥儿一个，要不瞅着人家娘儿们咽唾沫，要不就半夜起来，嗨嗨嗨地拍桦树泄劲儿。听说，东北的伐木工人乱，老婆不分你我，有钱的，或力气大的，吃点儿野食。钢笔和赌儿，一对发小，一起下了东北，各找了个东北老婆，相互之间就不清不楚。一落一分钱没有，又一副武大郎他爹的样子，这么多年下来，还是个老童男。有一次，洪明问，第二的，真没开过荤？一落眨巴眨巴眼，自己荤自己，算吗？

　　我算领教过一落的赌瘾。

　　那年，一落打工，发了年终奖，上下六个布袋，鼓鼓囊囊全是钱。他在我奶奶家门口，吼了一嗓子，谁来牌？押多押少，通吃；男女老少，通割；大的管小的，点儿一样，庄家赢。眨眼工夫，围上几十口子。一落从不押旁注，要玩就坐庄，天生一副领导的命。他坐在那，吆三喝六的，满脸红光，不一会儿就输没了。

一落大方，又一个唾沫一个钉儿，输了就兑账，这下就乐翻了对赌和押旁注的人。输完了，一落拍打拍打屁股，挨个说，爷们儿，借点儿？赢了这么多，十块八块总行吧？俺捞捞梢儿。捞捞梢儿是土话，翻翻本的意思。众人就笑，哄的一下鸟兽散了。

那些年，就我家开小卖部，他天天在门口晃悠，等着凑局子。爹怕我不了解行情，专门叮嘱我别借钱给他，肉包子打哑巴狗，连哼哼都没有。爹还给我讲了一落的一个段子，说，一落急眼了，就自己和自己赌，有时候，半夜三更爬起来，在被窝里通吃通杀的。一没钱了，一落就拍着衣服兜儿，钱爹呀，钱爹啊，把他爹都气蒙了。我说，你咋知道？爹说，合庄上下，谁不知道？

有一天，我忍不住了，和大叫驴、小猴儿与他赌了次，没想到一落手气好，把把通吃。最后我们佡拿嘴下注，只喊押多少，就是不掏钱。这就是赖账了。赌过的都知道，喊号子，就是输了不赔。他把桌子一拍，都啥玩意儿，我今年输死了，你们赢的时候冒鼻涕泡，输了六百多了，一个个屁腔儿不搭。看我们不理他，又龇了龇牙，挤着笑说，别六百，给十块也行啊。

听强儿说，一落还真开过荤。

村后一个庄，叫新庄子，又叫移民，说白了，就是外省修水库时，迁过来的。新庄子有个天仙女，附近几十里闻名。你听这名字就知道，人好看得要死。我赶集时见过几次，苗条大个，皮肤白嫩，烫着头发，不像庄户人。我还和她闺女王啥伟是初中同学，绝对是超校花级的。天仙女有名，不是因为好看，是因为做皮肉生意，一些光棍子天天排着队，去她家干事。

强儿说，一落去了几次之后，就上了瘾。有一次，一落又去了，天仙女说，涨价了，八百。一落蹦了三蹦，疯了？俩月工资。天仙女说，不干，快滚，别耽误事儿。一落吸了半天牙花子，就要走。天仙女把裤子一脱，在屋里撒开了尿，雪白的腚门子一晃晃的。一落眼珠子都掉了，妈个骚×，八百就八百。

他爹死了后，一落偷鸡摸狗地，也来钱了。买了个娘儿们，蹬着三轮车，天天在大街上逛荡。馋得驴眼儿、去年儿们直翻白眼。那天，我和几个光棍子聊天。驴眼儿说，第二的，买的娘儿们好，还是卖的娘儿们好？一落说，啥？驴眼儿说，你个畜力！你老婆有味儿，还是天仙女有味儿。一落半天没搭腔，瞅着远处，眼里月朦胧鸟朦胧的。我说，你怎么还赌？省点儿过日子吧。一落回过神来，死驴眼儿，你咋不憋死。转过头来，小小啊，别人的锁就是我的钥匙。

我到现在，没明白这话什么意思。

小派头儿

小派头儿有派头,年轻时像乡村领导,老了像退休干部。

小派头儿叫李商和,和我老老爷一个辈儿。啥时候得这么个诨名不知道。每次回家,就见他笔直的身子,仰着个头,站在我家前边的十字路口,左手抄兜,右手在胸前夹着根烟卷儿,扑哧扑哧地冒泡儿。说起话来指指点点,一板一眼,一副胸怀鸡毛蒜皮的神情。

小派头儿有福。小派头儿从不干活。小派头儿吃喝赌玩。嫖没嫖,鬼知道。据说,小派头儿扒过侄媳妇儿的灰。小沈阳儿他娘一提他就哼哼,要不是小派头儿,小彪儿家早塌了架了。有一阵子,小派头儿夹着根儿烟,在小彪儿家胡同口,一戳半天,很初恋的样子。谁都闻出狐狸味儿了,就小彪儿见了,二叔二叔地叫着,还邀来家里坐坐。小派头儿老实不客气,跟着就去了。小彪儿下地了,小派头儿兀自不走,茉莉花儿渣滓喝得吱吱的。

小派头儿他爹叫大老黑,除了锅底,没见过黑得这么大公无私的。大老黑两个儿子,那时候穷,狠了狠心,只给小派头儿娶了娘儿们，老大就打了光棍子。娘儿们算是个高个儿，比小派头儿长一个半脑袋瓜子。娘儿们包了里里外外，小派头儿闲着没事儿，就梳着背头，到处神三鬼四。

小派头儿家的能干，就是老犯病。有一次，她骑上俊妮家的屋脊，唱大风歌，霸王还乡的样子，煞是悲凉慷慨。还让小派头儿和儿子齐刷刷跪下叫娘，不叫就跳。小派头儿没派了，扑通趴地上，恭恭敬敬叫了，算是给从小没娘的缺儿，打了个嘹亮的补丁。还有一次，小派头儿家的嗷嗷大哭，拍打着大腿和天井，扑棱棱的老母鸡般，然后双腿一蹬，直直地，半天没还阳。等掐了人中，大叫一声，一蹦好几尺，从此会了阴阳八卦。不几天，小派头儿家的猪生了病，他老婆神神秘秘地说，小小他娘，不打针不吃药，烧烧纸就好。一连作了几晚上法，花了好几百，不知咋回事，还真就好了。有一次，同峰家的去玩，小派头儿家的拿了个小人，正恶狠狠地扎，让你偷鸡，让你偷鸡。同峰家的就说，二婶子，扎谁啊？小派头儿家的眼立楞着，谁，四臭家的。吓得同峰家的好几晚上没睡着觉，再也不敢去了。

小派头儿一个崽子，两个闺女。大闺女叫草儿，是俺村第一个做小婆子的，好像也是唯一一个。那年，去临沂打工，好好的一个大闺女，愣给一个老头糟蹋了，生了好几个孩子。老头是开什么厂子的，把小派头儿接去，给把大门。论起来，小派头儿还是兄弟，哥俩儿闲着没事，就捏着酒盅子吹牛。小派头儿说，谁谁家的牛仨眼，谁谁家的鸡下了只狗，每次能把老头吹得不省人事。

干了几年，小派头儿回来了，头发剩了几根，还是往后油油地按着。这回吹起牛来，就有些聊斋志异了，说城里的娘儿们，奶子都拿东西兜着；城里的苹果，三千年一开花……小派头儿把大门，挣了两身工作装，一身是白色的公安服，一身是绿色的公安服。倒换着往身上一穿，逛游起来更邪乎了。我说，老老爷，公安局长吧？小派头儿嘴一撇，俺不屑干吧！

小派头儿年轻时是大赌鬼，水平至少得到几段了。好多年前的春节，小派头儿在洪洋家推牌九，被抓了局。他急了眼，把五十块钱塞嘴里，才留了点儿赌本。人家问他话，就呜呜的。人家就说，操，哑巴也凑热闹。赌博的不舍得交罚款，抓局的就让他们脱了衣服，在院子里凉快。十几个爷们白花花的一片，直哆嗦，男女老少把着墙头围观。后来，小沈阳儿他娘嘴叉子大，您二叔，身板小吧，东西也小。小派头儿接不上话儿，扑腾扑腾直抽烟。再有人问起来，就说，操他娘，俺可知道钱什么味儿了，齁咸啊。

小派头儿一天两包烟，老去我家赊账，牌子都是固定的。钱不够了，就赌把儿。今年春节，缠着我打牌，您老老爷没烟了，打把儿吧。他眼神儿不好，抓起来扒拉半天，我直蹿火，老老爷，我给你两块，出牌行吗？小派头儿就笑，这把光了，赢十二。和我们打牌，输赢不大，不过瘾，就跑赌局去了。那天，看他又在路口戳着，老老爷，晚上赢了多少？他说，多少？三百！掏出来一晃晃的，新版的，咔咔响。一会儿，娘儿们急赤白咧地出来了，商和，操你娘啊，是不又输了，是不你偷的？给外甥的彩礼丁影儿不见了。小派头儿立即就蔫了。

有一次,小派头儿惹事了。他去了趟临沂,回来坐着个黑中巴。司机是个新手,想躲收费站,就说,谁知道小路?免票。小派头儿一举手,俺知道。转来转去,中巴绕了几十里,跑到小派头儿家门口。司机不干了,拿着扳手,一晃晃地不算完。小派头儿穿上白公安服,一戳戳的,你发邪是吧,试试?司机蒙了,扔下一盒大前门,窜了。娘儿们说,你作死啊。小派头儿吐了个烟圈儿,专车。

那天,几个人在电线杆子下拉呱。洪明说,小派头儿,你天天一派派的,不愁不忧,活着得劲儿吗?小派头儿说,有本事,你也派一辈子。转过头,又说,小小,人和钱一样,很可能早晨出去,下午就回不来了。

说完,烟头一闪闪的,有点红。

大嘴怪

大嘴怪死了,爹说。我握着手机,心里咣当了一下子。

大嘴怪不是怪,是铁匠。三叔老是啧啧啧的,你看人家身板,馋人呐。大嘴怪八十多了,电线杆子一样儿,除了干黄枯瘦,啥毛病没有。我老觉得他这么结实,会成精。没想到,那天晚上,门一关,再也没开过。

都说,大嘴怪死前一段时间,妖里妖气的。他天天出去捡破烂,回家以后,码成捆儿,放在屋里,要不就挂在墙上。同前看见了,直嚷嚷,大叔,来小日本儿了?收拾旧山河!他眼直直的,不搭腔。

大嘴怪叫李小和。

小时候,我最愁他。不管见了谁,他总是按辈分叫,大老远的,主动招呼,打过铁,嗓门高,咋去,孙子儿?干啥?大侄儿?谁被孙子、孙子地叫着,都不得劲儿。他的嘴这么黏糊,诨名八成是打这里来的。

大嘴怪是十里八乡闻名的铁匠,他死了,这手艺也就失传了。其实,就是不死,谁还会打铁具,啥年月了,跨世纪都跨了好些年了。

那时候，老百姓没啥娱乐，又不搞副业，也就是个春种秋收，吃完饭，都在一块窝着，天南海北的。叮叮当当一响，大家就知道大嘴怪打铁了，哄哄地跑过去，围着看热闹。俗话说，天底下三大苦：打铁、撑船、磨豆腐。老婆死得早，大嘴怪硬是靠打铁，拉把了三个崽子、三个闺女。

农闲时，大嘴怪就在大汪边，把家什摆出来。一个火炉，一个风箱，一个砧子，一个水桶，一个夹子，几柄锤，几副剪，一些炭，算是全部家当了。风箱普塔普塔一拉，通红的炭火卷着爷儿三个精赤的上身。大嘴怪把锹、锨、镐之类的烧红了，夹出来，放在砧子上，开始敲打。大嘴怪左手握铁钳，右手掌两斤左右的引锤，叮叮的，算是指挥；大儿子同南抡几十斤重的大锤，咚咚的算是大副；二儿子同北拿不足十斤的中锤，嗒嗒的算是下手。只听得"叮叮、咚、嗒""叮叮、咚、嗒"一阵响，大嘴怪不停地翻动铁块，同南敲出形状来，同北修理着边角，一会儿工夫，方、圆、长、扁、尖的各类用具，就出来了。敲打得差不多了，大嘴怪拿钢剪子裁裁料儿，往水桶内里一捅，"吱啦啦"一声，一阵白烟飘起。大嘴怪随手往地上一扔，夸张地拍打着俩手，嘴里说着他娘的、他娘的，一件农具就完成了。

这时候的大嘴怪，就不是怪了，而是炼丹的老君了。

有一回，老爷吱溜一盅子酒，打铁看人呐。我站在大汪边上，瞅了好几天没明白。

后来，有人说，拿大锤的，傻；拿小锤的，赖；不拿锤的，坏。我咂摸了一下，还真是这么个理儿。

同南有点儿像李元霸，三两百斤的东西，提溜起来小跑儿，就是傻。那年，同南娶了媳妇，不进屋。小沈阳儿他娘说，你作啥妖魔鬼怪？同南摩挲了一把剃得瓦亮的秃瓢，二婶子啊，娘儿们胖，瘆得慌。结婚一年多了，老婆肚子和扁豆似的。大嘴怪急了，小锤敲得震天响，你看看，你看看，要绝种啊，这是。问同南，同南说，睡了，不下蛋不能怨公鸡。大嘴怪说，你个秃尾巴鸡啊，咋睡的？同南说，她朝东，我冲西。大嘴怪明白了，就让同南去渔夫家，看种猪。半个月后，他老婆杀猪般嚎叫，操您奶奶啊，死渔夫，你下辈子还瞎。小沈阳儿他娘说这段传奇时，一些娘儿们就问，骂渔夫干啥。小沈阳儿他娘嘎嘎嘎了半天，猪，猪！娘儿们说，猪咋了。小沈阳儿他娘说，猪腚门子。叫唤了几个月，没动静了，大嘴怪的牙就龇龇了。

大嘴怪不大喜欢二儿子。同北一表人才，头梳得和狗舔的一样，赖皮得很。据说，刚开始抡锤时，大嘴怪让弟兄俩挑。同北就和同南说，谁长得好看，谁聪明，谁拿重的。同南捏巴了半天耳垂儿，俺是哥，你用小的吧。大嘴怪知道了，一脚把同北踹得嗷的一声。有一回，同北找我爹签字，狗咬得厉害，同北说，别咬，别咬，咱俩是一伙儿的。后来，我在哪里看了个类似的笑话，觉得这家伙不是一般人。老少爷们不大敢惹同北，不是怕他，是怕黏人。同北的成名绝技，是一哭二闹三上吊。那年，同北和小沈阳儿他娘吵架。小沈阳儿他娘是亲二婶,还没咋的,同北快四十的人了,一屁股坐在泥水里,嗷嗷大哭,拍着双手,满地打滚,说,老天爷,睁睁眼吧,活不下去了。大嘴怪知道了,气得嗯嗯的,同北啊,你娘个哪吒闹海啊,裤裆里长错了家什了吧。

三儿子同中是个痞子,喝点酒,就不是自己了。那次,几个人喝酒,我去了趟茅房,一转眼,他把连襟的肋骨打断了。大嘴怪去了,直跺脚,活该,谁不知道他喝了,谁都敢打,还王八犊子似的灌,瞎啊。听小国儿说,同中是个扒手,在东北混不下去了,回村里重操旧业。有一次,在集上偷钱包,两个手指头刚进去,就现了原形。同中一看打不过人家,顺势装开了吴老二,头一斜楞,脚一踉跄,手一耷拉,嘴里呜里哇啦的流哈喇子。人家说,小儿麻痹啊,怪不得两手指头长。那年,他找我办事,说佳木斯一个林场的朋友失业了,现在木头景气了,领导不让上班了。后来,县长给我打电话,说小小啊,以后别让你亲戚偷木头了。我听完,在办公室蹦了七十二点五蹦。

小派头儿和大嘴怪是一门儿,话随便说,一窝九头猪,连爹十一个样儿,你瞅瞅你那些东西,也不管。大嘴怪说,第二的,我热乎水都喝不上,还管谁喝不喝二锅头。老话说来,儿孙自有儿孙福,驴屎蛋子掉了,都是自己的。

大嘴怪死了后,闹了不少故事。

三个儿子去火化,回来以后,同南笑滋滋的,一只手提溜着骨灰,一晃晃的,像是赶集。小派头儿气坏了,你手里提溜着你爹,不是猪头。出殡的时候,一家人捆着麻绳,在棺材前干号。同中的手机响了:今天是个好日子,心想的事儿都能成,明天是个好日子,打开了家门咱迎春风。同中顺手接了,喝什么喜酒,俺爹没了。哭灵的娘儿们听了,差点儿笑岔了气儿。

奶奶听彦达讲了,嘿嘿了半天,谁说没妖,谁说没怪啊。然后又说,种儿多了,出不齐啊。

小猴儿

小猴儿快愁死了。

现在的小猴儿,就是霜打的茄子,斗败的鸡,输了的赌博鬼净拉稀。过年的时候,我在大路上碰见小猴儿,干啥,大叔?小猴儿俩手抄在袖子里,耷拉个脑袋瓜子,咳咳两声,就晃过去了。老三斜楞我一眼,你不知道?我说,咋了?老三嘿嘿嘿的,还咋了,新闻不上床,不知道?

新闻是他儿子的小名儿。这消息,可真是有点儿人咬狗了。

小猴儿大名儿是李彦军,小名儿叫大前门,属我堂叔一级的干部。彦军人老相,笑起来,麻花似的。他除了赌个博,抽个烟,不偷不摸,不嫖不吵,算是个大大的良民。八十年代,有一种香烟,是大前门牌,两毛三一盒,档次还行。李洪昌家有小卖部,小猴儿经常去买烟。洪昌他闺女爱逗,买什么?小猴儿手指头一戳,那个。洪昌他闺女就笑,到底哪个?小猴儿嘴里唔喽唔喽的,两毛三那个。洪昌他闺女说,俺不熟。小猴儿急了,俺买俺行吧。大家就笑。

人家都小猴儿、小猴儿地叫,我有点儿纳闷。彦稀说,你不知道?是他自己取的。我说,天天在外边,我知道个屁啊。彦稀一说,我明白了。

小猴儿二十啷当岁时,和一帮子人干泥瓦工,闲着没事,马崽子一样到处窜,看见识字班、小媳妇,眼里就冒绿光。有一次,几个人走到张家沟河边,看见几个大姑娘一闪闪的,就受不了了,开始哼哼《唱支山歌给党听》。没想到,大姑娘们也咯咯的,唱开了《十五的月亮》。这下子,小猴儿急眼了,他不会唱歌,就抓耳挠腮的。最后,脸憋得趋紫,我是小猴儿,会说相声。大姑娘笑了,公猴儿还是母猴儿?小猴儿见有效果,一蹦一人多高,公的。

小猴儿能干,天天趴在蔬菜大棚里,老婆说,你下蛋呢,一天到晚不回来。小猴儿说,俺下金子。个月二十天,金灿灿的西红柿,就出棚了。小猴儿搓着开满口子的手,说,新闻他娘,你看俺这蛋,双黄的。

小猴儿是村儿里的名流。老话儿说了,西瓜甜,面瓜香,赌博的黄瓜臭全庄儿。小猴儿只要一上桌子,尿都可以撒到裤裆里。那年月,小猴儿经常被抓,是常客了。抓完了,也不铐,只罚款。小猴儿没钱,到处借。一水儿说,借钱做啥?小猴儿说,超生了。一水儿说,放你的紫花屁,上午还看着你家俺大婶子,在胡同口里撵鸡,线狗一样儿快。小猴儿说,老母猪,行了吧。

小猴儿赌博,一年到头不住手,把家都哆嗦光了,老婆吊都上过,就是不管用。小猴儿把绳子、刀子都藏起来,还往局子里钻。

有一次，家里来了客人，准备喝几盅子。小猴儿说去买烟，一转眼不见了，老婆就去局子里找。屋里人多，挤不进去，老婆在门口喊，彦军啊，你爹咽气了，你还赌。喊了几嗓子，小猴儿入了迷，不动窝儿。大叫驴踢了小猴儿一下，你爹死了。小猴儿急了，你爹才死了。愣了一下神，扔了牌就往家跑，一路上嗷嗷的。到了家，"扑通"就跪下了。他爹四狼吓了一跳，咋了这是？小猴儿吧嗒吧嗒眼皮，你啥时候死的？四狼啪的一巴掌，你才死了。小猴儿蹦起来，妈个三七二十一，死娘儿们，败家啊，白瞎了俺一副天杠。

四狼眼瞅着小猴儿要玩完儿，就摆了一桌，让三叔、我和一水儿，去剁小猴儿的手。小猴儿哭了半天，俺捞捞本中不？三叔说，汤漏光了，捞个屁，老婆都快没了。小猴儿没办法，就跪在地上，给四狼磕了三个响头，说，俺金盆洗手，说话不算数，死全家。四狼听了，白眼珠子翻到了大门外。一水儿说，大叔，真行啊，你把自己当展昭了，还金盆，尿壶吧。

磕完了头，小猴儿真改了不少。

只是赌病去了，新病又来了。

新闻老大不小了，天天游手好闲，拿了鸡蛋，去换泡网吧的钱。小猴儿受不了了，就说，新闻，行行好，别上了。新闻说，你赌了二十多年，俺上几天都不行。小猴儿听了，肚子一鼓鼓的，差点儿窜了稀。四狼家的说，新闻除了上网，没啥短儿啊，找个人管管就好了。小猴儿两口子嘁摸了一下，布袋里装着烟酒糖茶，到各个著名的媒婆家里拜码头。新闻个子高，模样儿人五人六的，一下子招来了好多个。小猴儿说,结了吧。新闻翻翻眼皮,不好看。小猴儿两口子"扑通"就跪下了,蛋儿啊,再不结,剩下的更难看了。新闻说,要结,你们结。小猴儿嘎的一声,差点就过去了,你老爷死了快一年了,不瞑目啊。新闻不搭腔了。

结婚那天,妈去接的嫁。后来,我问,新媳妇好看吗?妈说,咋说呢?

结婚没多少日子,媳妇就找小猴儿家的告状,娘啊,小祖宗不睡觉。小猴儿家的笑了,不盹吧。媳妇哭了,他在沙发上。小猴儿家的就绿了,没进洞房?媳妇哇哇地拉开了风箱。小猴儿说,有病?你去看看。小猴儿家的说,俺咋看,你去看看。小猴儿说,俺咋看。小猴儿家的说,媳妇儿,你没摸摸?媳妇眼都肿了,硬的。小猴儿松了口气,跑到儿子家,新闻呐,咋不睡觉。新闻说,难看。小猴儿说,你妈也不好看,这不过来了?新闻一扭头,要睡你睡。小猴儿气得肚子都炸了。

挺了几天尸,媳妇回娘家了。临走,扔下一句话,只要能睡觉,俺就来。新闻噗嗤噗嗤直冒烟,再不走,俺神经了。他没神经,小猴儿家的却犯了病,逢人就说,新闻没毛病,没毛病。那天,小猴儿在四叔家喝酒,一盅一盅的,像是灌死猪,嘴里嘟囔着什么。四叔说,活该,让你包办。

今天早晨,我给老三打电话,啥新闻啊?老三就笑,新闻和小猴儿买车去了。我有点惊讶,睡了?老三说,屁,看上了一个好看的。

李大户

大户前两天饿死了。

二月八日下午,大户有点蔫儿,一屁股坐在我家垃圾池子旁。我说,咋了,老老爷。他淡淡地一笑,不大好受。又笑了一下,回来了,孙子?我说,是啊。一会儿,他侄子公子,外号"沙僧"的,推个车子过来了。大户慢腾腾地爬上去,不知被推去了哪里。

谁知,这一别,竟再也看不见了。

我家门口,有个十字大街,是村里最宽敞的地方,村部、学校、超市、维修都在这里。有一次,几个老头开玩笑,这里就是长安街,咱天天阅兵。说完,手一挥挥的。每次回家,除了下雨,总能看见一帮子老头,在大鬼儿家门口窝着,有日头,就晒;没日头,就唠,风吹不跑,雷打大动。三叔说,其实大家都这么说,老头儿们在这里排队等死呢。这话儿有道理,特别那些靠着墙根儿,蔫头耷脑的,没了精气神儿,一准儿就归阎王管了。

这帮子老头里面,就有李大户和他哥李大锅。

我跟大锅从来没说过话,但和大户很熟。

以前，我们哥几个天天在奶奶家喝酒。奶奶总说，这个留着，那个留着。刚开始，我不高兴，干啥，都破了。奶奶说，卖垃圾。我就说，你九十多了，卖什么垃圾？老三说，你不知道，给大户攒的。人多的时候，大户不好意思过来。有一次，我去奶奶家洗头，碰见了，大户黑黑的脸就笑，孙子，您奶奶是善人，小的时候，俺在大路边上哭，没钱上学，您奶奶给俺交的费。然后，他一转身，这些年，亏了您大嫂子。奶奶就笑，二叔，提这个干啥。大户高奶奶一辈儿，您大嫂子是尊称。

老爷活着的时候，是民办教师，和奶奶住在宽大的校园里，神仙似的。大户是老光棍子，没地方去，晚上就去找老爷喝水，拉呱。老二说，那天晚上，他去学校，听着桥底下哎哟哎哟的，吓了一大跳。过去一看，是大户，一把提溜上来，大户头破了。他躺了一个月，又来找老爷玩儿。我推测，是老爷奶奶把他当回事儿。

大户种不了地，就捡破烂儿卖。

大户人老实，不和鲤鱼家里似的，这里薅块油纸，那里摸块木头。攒多了，就去卖个块了八毛的。他来我家买东西时，总是从怀里掏出一个小破布包，方方正正的。掀开，还是一层破布包着。再掀开，露出几张元角分。大户个儿不高，见了人就笑。我每次聊几句，他就应着。他只是按着辈分，管我叫孙子。估计，连我的小名儿都不知道，更不用说大号了。

大锅老伴儿死得早，扔下了两个儿子，一个叫公子，一个叫棋子。人家都说，这两个孩子不是大锅的。大锅不能生育，找洪昌借的种儿。早年间，不下蛋的毛病治不了，兴这种事儿。公子和棋子都五十了，脸面和洪昌一样样儿的。大锅和大户年龄大了，干不动活了，没人管。有人就主事儿，说，您爹和您二叔，还是得管。不知道公子和棋子是不是看出来了，自己长得不像这家人，就哼哼哼的，搓揉鞋底子。谁管爹，谁管叔？弟兄两个死大叫驴一样，推了半天空磨，说，抓阄。

弟兄两个把"大锅"和"大户"写在白纸上，团了个蛋子，往地上一扔。公子说，是王八是鳖，抓起来看看。棋子不抓。公子说，剪子包袱锤，输了的先抓。棋子输了，抓了一个，往地上一扔，爹。公子说，俺不用抓了。棋子说，万一你捣鬼呢？公子打开了，一扔，二叔。从那以后，各管各的，井水不犯河水。有一次，棋子不在家，大锅病了，在路边直叫唤。洪学看不下去了，大弟，你咋不领着去看看？公子说，俺兄弟分的。洪学说，他不是您爹？公子一耷拉肿眼皮，你咋不管？洪学跺了几脚，指头戳了两下，走了。

大户和他哥每天在十字路口转悠。那天，大户忽然说，坐车什么味儿啊。小沈阳儿他娘大嘴一扁，公子和棋子家都有，你不会坐坐？大户嘿嘿了两声，不搭腔了。去年十一，我们几个回家掰玉米，看见大锅穿着棉袄，在垃圾池子旁边坐了一上午。我和大妹说，你去给他个月饼。大妹拿了个大月饼，拿塑料袋儿装了。大锅攥着袋子，满脸通红，嘴里嘟嘟囔囔的，不知道说的什么。本来想给大户一个，这天没有碰着。

我和五叔说了。五叔说，约计大户弟兄俩十来年没吃过月饼了。我说，那平时吃啥？五叔说，吃屁。大锅生水泡煎饼，大户好点，热水加点盐粒子。我恍然大悟，怪不得大户只买煎饼和盐。五叔说，人这一辈子，就这么回事儿。

当天看见大户的时候，他精神还不错，没想到转天就没了。洪学知道内情，大户好几天没吃饭，营养不良，引发了什么病，大夫让去县城，公子嫌远，从村卫生所里推回来了。同前说，操他娘，大户肚子里要是有一点油水，也不会死。燕青嗓门大，畜力，畜力。说完，还呸了一口。我在旁边听着，忽然觉得，大户死了更好，利索。只是晒太阳的老头儿又少了一个，大家再也看不见一年四季那身黑乎乎的脏衣服了。

就是不知道，他在天堂，会不会还捡破烂儿，奶奶还会不会替他攒着。

小沈阳儿他娘

小沈阳儿他娘往地上一坐,就是一大堆。为啥?胖的呗。

别看她胖,是家后第一小喇叭。你要是和她说个事儿,不到十分钟,连光头强、灰太狼都知道了。听大鬼儿他老婆说,一天半夜五更的,她起来上屎茅栏子,听着门口"咣咣"的,吓得魂儿掉了二斤半。开门一看,是小沈阳儿他娘,通红的脸,俺娘哦,可逮着个活人了,俺家的母鸡下了个软蛋,要不找人说说,今晚上就得憋出糖尿病来。

小沈阳儿他娘七十多了。妈说,这老妈妈子没福气,白瞎了一身肉。

小沈阳儿他娘老伴儿死得早,扔下三个崽子、三个闺女。两个崽子下了东北,死了一样儿,魂儿都不见一个。大闺女、二闺女嫁了人,死了,把人家男人坑得不轻。就剩下个大儿子叫阳儿的,大号叫李同川,在家西住着,孩子都结婚了,还一脸萌萌的样子,整天价寻思着啃老。

小沈阳儿他娘住在俺家对面,闲着没事,就拽着个马扎儿,来小卖部门口拍苍蝇。拍着拍着，就拉开了风箱。俺家小卖部不用关门，呼噜声都能把烧鸡吓出个好歹来。睡着睡着，就醒了，您大嫂子，几点了，俺得家走喂猪。妈就笑，二奶奶，您连个猪屎块儿都没有，喂个尾巴梢儿啊？小沈阳儿他娘嘎嘎的，一摩挲肚子，喂老太婆，中不？这时候，妈给块蜜饯、桃酥的，她就弥勒佛一样儿堆起一脸肉，小小他妈，您家的营生儿咋这么好吃，北京的吧，毛主席吃过的吧。

妈比小沈阳儿他娘矮两辈儿，平时都叫二奶奶。她家三崽子叫小沈阳儿，老百姓都习惯了，就小沈阳儿他娘、小沈阳儿他娘的，这称呼和产二人转、吃杀猪菜那地方，没一毛钱关系。小沈阳儿他娘嘴杂，但心眼子宽，整天乐呵呵的，就像中了奖。老是说，抱了一辈子窝，下了六个蛋，丢了两个，打了两个，咋说，还有俩在炕上滚。

这话儿不假。不过，其中有一个蛋，不鸡不鸭不鹅的，没啥好黄儿。

别看阳儿探探个身子，一脸孟良焦赞相儿，不大说话，笑起来也哈哈的，肚子里狗肠子、驴下水的不少。阳儿三个孩子，一个在山师大写粉笔字儿，一个嫁给福建佬儿收租子，其他一个不知干吗了。总的来说，阳儿是蓝天六必治，吃嘛嘛香的货。

一提起阳儿来，小沈阳儿他娘，先是嘴一扁扁的，然后就喷喷的。

还是大前年了，小沈阳儿他娘有事儿，杀了只老母鸡，没舍得吃,就说,晌午来吃鸡吧,二子儿他爹。二子儿,是孙子的小名儿。阳儿一听,眼就绿了,早晨没吃饭,八点就跑去等着。小沈阳儿他娘说,两步远,来这么早,做什么。阳儿说,来看看鸡多大,大的话,早晨一顿,晌午一顿,晚上一顿。小沈阳儿他娘肚子都歪歪了,您家的鸡和猪一样大?把你娘也炒了吧。

小沈阳儿他娘炒完了,阳儿就到处翻瓶子,叮叮当当的。小沈阳儿他娘蒙了,咋?阳儿一脸不高兴,哪有请客不装酒的?!小沈阳儿他娘跑到我家,把柜台敲得duang、duang的,这个陈世美啊,把俺这把子老骨头当杨白劳敲了。阳儿撕巴着老母鸡,吱儿吱儿的,造了一斤老村长。完事儿,嘴上的油也不擦,把两个鸡爪子往怀里一揣,说,给二子儿他娘留着。然后,又嫌乎他娘,请客哪有不请儿媳妇的?怪了事儿了。

事后,小沈阳儿他娘说,饿得俺直冒火星子,一瞅桌子底下,鸡骨头焦巴干,舔得比秃尾巴狗还麻利。

前年,二子儿来对象了。阳儿说,娘啊,孙子媳妇来了,你得出点儿血啊。小沈阳儿他娘一歪歪脖子,咋了,缺血多吃菠菜。阳儿脸就黑了,奶奶哪有白叫的?贼都不走空。小沈阳儿他娘明白了,拿了两百块,阳儿的脸立即霜打了一般,握握手,九百九;吃个菜,一千块。小沈阳儿他娘就叫,把您娘砸巴了换金子,换银子。阳儿又说,到了俺家,别说话,土了吧唧的,人家身份证号都比咱的电话号码多,笑话你咋办。小沈阳儿他娘去了阳儿家,一直咧着嘴笑。孙子媳妇说,咋?奶奶是哑巴?阳儿说，不是哑巴，阑尾炎，没好利索。饭菜刚做好了，阳儿又说，娘，你不家走看看？鸡都跑光了。小沈阳儿他娘说，俺家哪有鸡了，开春都瘟死了。阳儿眼一立楞，俺早晨看着还有，快家走看看，晚了，鸡毛让人薅了。小沈阳儿他娘小跑着走了，到了家门口，就呜呜的。

小沈阳儿他娘年轻的时候，没有男劳力干活，就让哑巴搭把手，晚上钻到一个被窝里，算是工钱了。那次，小沈阳儿他娘和小国儿他娘说，哑巴好是好，就是得教，连说带比画的，急人。小国儿他娘也是个小广播，到处嚷嚷，小沈阳儿他娘眼一闭，嘴一揪，拿手指头戳了戳，让哑巴亲嘴儿。哑巴以为有蚊子，啪一巴掌，把小沈阳儿他娘抽得三天没吃下饭，大槽牙直晃荡。

小国儿他娘败坏小沈阳儿他娘，是针尖儿碰到麦芒儿，俩人绯闻搞到一块儿了。同棋家的说，俩老妈妈子暗地里做了桥腿儿。那时候，村委的权力火烧火燎的，李同前在里面蹲着，腰杆儿比较直，几个寡妇都看上了。同前每晚上都打野食儿，皇帝老子钻后宫一样。小国儿他娘说，别去了，哑巴剩下的。同前就哼哼的。

嘴是嘴，人是人。小沈阳儿他娘一副热心肠儿。那几年，母鸡叫有个女孩儿，叫张啥荣的，在俺村里上中学。孩子苦，妈离家出走，家里就剩个爹，水凉了都没人给热。小沈阳儿他娘心里不好受，就给做饭、送饭，有好吃的，便咬咬牙，留住了。女孩儿奶奶、奶奶地叫着，小鸡崽子似的，天天围着老母鸡转悠。老妈妈子喜在心里，当孙女子养着，照顾了好几年。女孩儿中专毕业后,在镇卫生院当了大夫,隔三岔五的,到家里陪着小沈阳儿他娘拉呱。再后来,女孩嫁到了烟台,就肉包子打狗了。

那天,小沈阳儿他娘帮我家扒玉米棒子。说起这事儿来,嘴里咳咳的,人啊、人啊地感叹着。忽然哎哟一声,把玉米棒子扔出去好几米远,娘个腿啊,一个肥虫子。大牙家里的也帮着扒,吓得一哆嗦,然后,哇哇地笑开了,半天没缓过劲儿来。

大鬼儿

一个人入多少次洞房，捣鼓多少娘儿们，都不算稀罕。但两口子没离婚，偏偏还要上一次花轿，抛一次绣球，再结一次，就天方夜谭了。

大鬼儿有鬼啊。瞎了的渔夫，晃荡着白眼珠子，嘿嘿嘿的，又不是小屁孩儿，过家家呢？小沈阳儿他娘和大鬼儿是邻居，一戳渔夫，您二哥哎，小点声儿，大鬼儿就是有鬼，听说法，鬼还不小呐。

大鬼儿大名儿李彦桧，个头不高，眼珠子挤巴挤巴的，大家伙儿都管他叫大鬼儿。古人讲了，人从宋后少名桧，我到坟前羞姓秦。大鬼儿他爹不知啥毛病，听了一辈子《岳飞传》，却偏偏开倒车，给孩子修理了这么个名儿。大鬼儿在新疆当过兵，转业回来，部队的皮帽子、靴子、大衣、洗脸盆子、搪瓷缸子的，弄了好多件儿，馋得一些人啧啧的，怪不得长罗圈儿，心眼子多了累的吧？大鬼儿和他哥一样，随他娘，罗圈儿腿，走起路来，就像个大写的字母O，一圈圈地往前拱。

电线杆子底下,老有一帮子人扯老婆舌。同北喝多了,嚷道,牵头毛驴钻大鬼儿裤裆,不带碰着腿的。一个娘儿们问,腿弯到孟良崮了,咋当的兵?同芳那时还没死,噗嗤了一口烟袋锅子,云山雾罩的,他三叔洪浒不在大队支部吗?

大鬼儿退伍了,拿了张党票,回来就张罗着入洞房。谁给介绍了个蒲汪的,大鬼儿拿根儿草绳子拴着二斤油条,跑了一趟,就定下来了。头天晚上去闹房,大鬼儿家的还跟槐花似的,第二天晚上再去,脸就驴屎蛋子一样了。大叫驴嘴一撇一撇的,罗圈儿俺见过,这么小气的没碰到,结一回婚,心疼两盒九分钱的荷花烟!后来,才知道这是天大的误会。

有一回,谁去大鬼儿家玩儿,两口子聊着聊着,就阴阳了脸。大鬼儿家的捏着根针,把大鬼儿当成了鞋底子。大鬼儿也不躲,俺部队出来的,还怕你个死娘儿们。大鬼儿疼老婆不假,但明眼人早都看出来了,老婆一变天,他就耷拉脑袋瓜子,像三天没吃虫子的家雀儿。等过了几年,晚一天结婚的李洪农,都俩孩子了,大鬼儿家的土豆地瓜的都不见个影儿,大家伙儿就明白了。小猴儿麻花似的呵呵着,还扛枪的呢,自己的枪没子弹都不知道,被新疆的黑瞎子咬了?彦秦就说,放你的屁,黑瞎子是东北老林的。

娘儿们不下蛋,大鬼儿更像个鬼了,脑袋快耷拉到罗圈儿里去了。

大鬼儿他娘晃着罗圈儿,一趟趟地跑,找个瞎眼的看看吧。说起来也怪,俺那里除了渔夫,瞎眼的都能掐着手指头,算出猪几条腿,狗几条尾巴,嘴里念念有词,羊力大仙一般。一个瞎汉在大鬼儿家撕了几只老母鸡,摩挲着油乎乎的袖子,老朽看你天庭开阔,印堂发亮,双目有神,富贵之相。可惜,直路冲宅,此乃枪煞。瞎汉就问脸色蜡黄的大鬼儿,你摸过枪吧?大鬼儿魂儿掉了六斤七两,下巴颏儿捣蒜似的点着,神了,神了。瞎汉说,枪摸多了,自损阴德,主无子嗣。大鬼儿他娘罗圈儿快哆嗦直了,要了命了哇,咋捣鼓啊?瞎汉就笑,一脸乾坤八卦太极图。

过了几天,大鬼儿在十字路口,咚咚咚地凿墙皮。赤脚大仙家的问,咋呀,您二哥。大鬼儿咚咚咚的,也不搭腔。凿的那天,我在旁边看热闹。凿完了,大鬼儿掏出一块青砖来,牌位一样两手捧着,仔细地安上了。安完了,大鬼儿趴下磕了仨头,扑棱扑棱腿上的土,笑滋滋儿地走了。我过去一看,砖上写着四个红字儿,出门大吉。有一回,大鬼儿的侄子小炒锅不老实,拿根儿棍子捅哧砖头。没想到砖头掉了,摔成了两半儿。罗圈儿弹跳力好,大鬼儿拍着屁股,一蹦一丈高,也不管一奶同胞了,祖宗奶奶的骂了三天两晚上。

又过了两年,大鬼儿家的肚子还和烧饼似的,别说肉块儿,连青菜馅儿都没有,净窜稀了。他爹李洪前就说,砖头不是药,买个吧。大鬼儿抱着脑袋不吱声,鼻孔里直冒鬼烟儿。后来,不知花了多少钱,抱了个女孩儿,起名儿叫薇薇。薇薇学习好,眼看能考上大学,大鬼儿家的说,又不是自己的种儿,开花给谁看,硬是拽下来,到处里打工。大鬼儿家的又说,谁敢和薇薇说,不是俺自己怀的，就和他家豁上命。小时候，薇薇老跟着俺两个妹妹玩儿，见了我大哥大哥的，怪有礼貌。听说，前两年薇薇结婚了，还挺孝顺的。

薇薇五六岁的时候，大鬼儿和他老婆还是掰扯脚丫子，谁家的蛋，不如自己下的香。

那天，日头还没出来，大鬼儿家门口鞭炮震天响，大家伙儿出来一看，都蒙了，大鬼儿和他老婆，穿得红红绿绿的，在那里撒栗子枣，晃晃悠悠拜天地。李彦盛一向老实，这次也忍不住了，这咋这是，吊死鬼抹胭脂——臭不要脸了。同棋家的也是个神棍，就说，冲冲喜，要孩子吧。张燕青卖过几年小人书，歪歪个头说，俺娘哦，这是聊斋啊，还是封神啊，五代十国都没这样的，光着腚门子推磨——转圈儿丢人啊。大鬼儿家就在我家对门，我问妈，晚上能闹洞房吗？妈说，闹个屁。

小沈阳儿他娘在俺家门口拍苍蝇，嗓子压得蚊子屁大个腔儿，您大嫂子，您知道不，钻洞房的，不是大鬼儿，是他兄弟。

小沈阳儿他娘一广播，这事儿就上了《新闻联播》一样了。

大鬼儿家的不怀胎，瞎汉又来了，竹扦子晃了半天，得借种。瞎汉还说，光借不行，万一是赔钱的货呢？大鬼儿他娘腿拍得啪啪的，还得咋捣鼓？瞎汉说，还得拜一次天地，新人得用新家什啊。大鬼儿一听，脸都茄子色了。他娘就说，有啥丢人的，谁谁谁都是借的，香火头儿不照样一闪闪的。大鬼儿家的说，借谁的？大鬼儿他娘说，您叔伯弟兄五个，剩下那四个，挑吧。

李彦早家的嘴本来是歪的，听了，都歪到脚后跟了，二奶奶，挑的谁啊。小沈阳儿他娘说，家里种地那几个，提起哪个，大鬼儿老婆都不答应，说起济南的大兄弟李彦桐，就眼里全是水了。彦早家的说，粪水不流外人田呐，怪不得彦桐一辈子不回来一趟，这回回来，脸红扑扑的，到处分喜糖、分喜烟的，中了奖一般。小沈阳儿他娘说，彦桐练过武，模样儿好，大鬼儿老婆天天晚上叫唤，娶回来这些年，没听着过动静，除了吵吵。

　　这回儿瞎汉没算错。来年，大鬼儿家的就生了个大胖小子。长大了以后，个头高高的，也没罗圈儿腿了。有一次，大鬼儿和李洪民几个喝酒，有点大了。洪民就说，彦桧，你厉害啊，换了个扳机，一枪打出个小兔子。大鬼儿眼都直了，一下子没明白，东北大姑给倒弄的鹿鞭，小孩儿他娘吃了，病好了。洪民嘴撇得跟歪把子瓢儿一样，爷们儿吃了枪硬，娘儿们吃了，哪里硬？大鬼儿听了，脸就成猪肝儿了，把盅子咣地一扔，走了。

　　小国儿和我说这事儿时，我眼里就浮现出喝醉了的大鬼儿的样子，腿一圈圈的，更像个没皮的O。

柱子

都知道柱子是痞子，但家里有个漂亮媳妇儿，女朋友换得比上茅房还勤的小伙子，半夜三更去强奸大六十岁的老太太，谁也没有想到。

爹听说这件事时，嘴张得能塞进八十一个大倭瓜。

那天晚上，爹早就睡了。过了十二点了，有人咣咣砸门，村长、村长地喊着。爹很不高兴，被人从被窝里揪出来的感觉，就像扒了一碗大米干饭后，发现下面趴着一粒老鼠屎。爹披上衣服，趿拉着鞋，打开门一看，蹲着的，站着的，黑压压的十几口子。

爹吓了一大跳：村史上唯一的强奸案案情，还是连环、变态加八级台风的，一下子涌到了门前。

我后来问起爹，他还是有点儿不相信，只是啧啧啧的。连渔夫都说，俺养了那么多年的种猪、种羊的，啥鸡巴样儿的崽子没有，就是没碰到过这么邪乎的。那天，几个人在电线杆子底下聊起天来，彦三说，大叫驴，快回家看看您家的地豆子吧。大叫驴一翻眼，咋？彦三说，别让柱子戳出窟窿眼儿来。

柱子是小名儿，大名儿叫啥，我真不知道。他爹是李政治，早年间，干过几年小队长。政治走起路来，歪着个脑袋。看人和物时，也没个正形儿，俩眼平视，头仰仰着，跟瞭望的似的，大家伙儿都管他叫企鹅。企鹅家的生了仨闺女后，就没有下回分解了。企鹅天天念念有词，逮着个十字路口，就扑通扑通磕响头。磕得头上没几根儿毛了，娘儿们还是风平浪静，肚子上一幅太平盛世。养老送终，没儿不中啊。企鹅的眼皮就耷拉了，两口子开了好几个月的会，牙花子咬得冒了半斤八两火星子，最后跺了跺脚，买个带把儿的。

企鹅窜到南方，抱回来一个瘦小子。逢人不提多少钱，老是说省了五百，大家伙儿都犯迷糊。企鹅家的说，俺那口子和人家讲价，买猪都是论斤买，没有论个的，这孩子瘦得皮包骨头，不值多少钱，人家经不住磨叽，就让了五个手指头。企鹅家的一辈子没养过带把儿的，这下子可算过瘾了，天天抱着，跟伺候红孩儿一样。有时候，还把瘪奶头子掏出来，让孩子嘬几口。洪瑞家的就笑，您二婶子，有个鸡屎头子啊，唱空城计吧。企鹅家的咧着大嘴叉子，过过干瘾也是好的。

这小家伙和小名儿一样，又臭又硬，打小儿就会吐三昧真火。有一回，柱子要买玩具枪，他老爷太柏拍了拍口袋，俺要有钱，就不抽地瓜叶子了。柱子急了，在地上变了三十六变，就要跳井。太柏一看，脸都绿了，祖宗祖宗地叫着，忙不迭给赊了一个。以后，太柏再也不敢带孩子了，见了柱子就往胡同里钻。逢人就说，这是啥种子，咋惯成这样啊。

柱子十几岁，就成了一个祸害，吃喝玩赌抽，坑蒙拐骗偷，样儿样儿都是劳动能手和模范个人。我就深受其害。一九九六年夏天，我在新房里备考，屋里堆了一些书。趁我赶集的时候，他领着几个不到十岁的小家伙，撬了门，拿了钱，看看课本画得乱七八糟的，都给种在了沙里。还有一次，他在我家小卖部玩牌儿，和喜儿一语不合，一砖头把人家拍到了大门外。柱子这一砖头成了名，连走道儿都四爪朝天，一晃晃的，手不知往哪里甩好了。

柱子不到二十岁，企鹅家的突然死了。这下子，柱子更是无法无天了，一脚把企鹅踹到大门口，大大方方地篡了家长的位子。别看柱子是痞子，去年儿羡慕得不行，天天往家里领女的，馋人呐。渔夫就说，你在门口蹲着呗，没准儿能捡个斤儿八两的。彦三巧话儿多，不知跟谁学的，鼻子里一哼一哼的，天天晚上入洞房，村村都有丈母娘啊。

企鹅愁得快不行了，老爷、奶奶地叫着，张罗着把柱子和一个大了肚子的女孩儿送进了洞房。柱子安稳了没几晚上，一个二踢脚，家里的和不到一岁的孩子，就腾云驾雾回了娘家。一转眼，又领着一个女孩儿钻进了被窝。急得企鹅在我家门口，拍了好几天电线杆子，好不容易弄个种儿，还长他妈歪歪了。

柱子天不怕，地不怕，就怕戴大盖儿帽的。那天，柱子脸和白布一样，呼哧呼哧地，窜进了鸭厂，找到小国儿，二哥，快把俺藏起来，坏事了，来茬子了。小国儿管冷库，扔给他一个大衣，把他埋进了鸭块里。柱子在冷库里躲了一个小时，出来后，眉毛都起了白点儿，嘴一咧一咧的，跟尼古拉斯赵四似的。

爹一问，才明白咋回事儿。

柱子蒙着面，钻进了李顺和家。顺和家的八十多了，拼了老命地咋呼，柱子就把下巴颏子给拿了，完事儿了，就窜。顺和家的听声音像柱子，就跑到钢笔家告状。钢笔是顺和的亲侄儿，和柱子是一个道儿上的蚂蚱，见事情闹大了，就叫了顺和的大儿子喜儿、二儿子乐儿，揪着企鹅到了我家。

爹说，二叔，这事儿怎么办，都是当庄儿当户儿的，你划算划算。企鹅早就瘫了，坐在地上筛糠，嘴里呜喽呜喽的。喜儿还没忘了那一砖头，一蹦跟燕子李三似的，私了，就赔钱；公了，就110。企鹅还在那抽风，不知心疼钱还是蒙了，公了就公了吧。后来，爹和我说，企鹅不说这句话，柱子就进不去了。我说，不对吧，强奸是大罪，得逮吧。爹说，民不告，官不究，法这东西，戳在那里，是棵榆树，风刮不动；落在地上，就是榆钱子，风刮就跑。

去年儿说，柱子是狗日的。

这已经不是玩笑话了。柱子被拉到派出所里，电棍一捅，肠子翻了十八遍。柱子十六七岁起，就起了性。他白天踅摸大姑娘，晚上把脸一蒙，净钻单身老太太家。派出所所长是我的一个远亲，看完笔录，舌头伸出老长，半天没收回来，犯的是啥病啊，这是。据他供述，被凌辱的老太太，两个巴掌数不过来，其中，就包括去年儿七十多的娘。一天,几个人喝酒的时候,扁担儿吱溜一盅,小小,不知道吧?他三姐都登记了,被柱子给欺负了,结果,大了肚子。他妈知道了,一口气儿没上来,就霜打的蚂蚱了。

过年的时候,企鹅一瞭一瞭的,和爹拉了半天呱。企鹅说,亲生的都不中用,俺还买个假的。爹说,没教育好,荒了草吧,你看人家大鬼儿家的薇薇,小棉袄。企鹅说,养活这个孬种,倒了八辈子血霉了。这哪是为了养老,明摆着是送终啊。企鹅吧嗒吧嗒嘴,又说,这下子好了,鸡飞了,蛋打了,就剩个臭鸡篮子,熏煞个人。

说完,企鹅两手袖了,往柜台上一趴,眼皮一耷拉,半天没抬起头来。

小三儿

小三儿不是小三儿。

小三儿本来是李习廷的小名儿。后来,小三儿学习不好,干了庄户,想发个小财儿,就改了"银廷"。我说,你咋不改个招财进宝廷?他嘴一咧咧,胖头似的,小鬼子名儿,怕被抗了日。那天,我和他大哥李振如、二哥李振意喝酒,都有点儿多了。振如说,老三的小名儿没起好。我啃了一条半鸡腿,才算弄明白了怎么一回事。

他哥这话的水深,小三儿虽然不是小三儿,却被小三儿插了足。

其实,小三儿大名儿也没起好。他爹只琢磨知识和金钱了,没想到"廷"这个字儿,是个乌鸦音,啥东西和它一搭配,就硬生生地刹了车。小三儿虽然没挣着银子,却弄回来个小媳妇,人长得漂亮,又会说话,开过小饭馆,能拨弄几下小炒锅。小三儿他娘见了,麻秆儿身子一扭一扭的,美得说话都一股子还乡团味儿。

小三儿他娘仨儿媳妇,就瞅着小三儿家的是皇后,那两家子觉得自己进了冷宫，眉眼都歪歪着。振意是养鸭大户，等小三儿家的出事了，振意家的从鸭棚里提溜出来一只鸭，逢人就说，杀个鸡，过年。小三儿他娘听了闲话，鼻子甩出一丈青，鸡鸭不分了。小三儿他爹李彦盛，人挺老实，就是个老婆嘴，杀鸭给狗看，谁让你属狗。小三儿他娘大腿拍得更厉害了。

小三儿今年三十五了，生个儿子，也七八岁了。前两年，小三儿买了辆卡车，给北湖鸭场拉鸭，汽车一响，满大街都是粪味儿。小三儿家的说，俺不和鸭睡。小三儿一生气，把车卖了，花了三万块钱，给家里的在镇上盘了门头，卖手机和充值卡，自己下了济南，干起了泥瓦工。

没想到，小三儿这点儿钱，投错了胎。

去年夏天，小三儿回家，发现家里的老是躲着发短信，半夜也嘀嘀嘀的，和夜猫子差不多，就起了疑心。趁家里的去屎茅栏子，抓过来一扒拉，从床上蹦到了饭桌子上，手机里净是些暧昧信息，你是我的小呀小苹果之类的。小三儿嗷嗷的，都老地豆子了，还小苹果。家里的一看，脸就不是脸了，小苹果咋了？红富士烂了，也比地豆子贵。

眼瞅着是个政变，但家里的口风儿瓷实，就是不领这个绿帽子。小三儿鼻涕眼泪流了一大缸，认定自己家成了敌占区。那天，短信又嘀嘀嘀的，家里的就把手机摔了，小三儿趴在地上捡零件，这就是罪证，跑了庙跑不了和尚，都存在后台。等小三儿弄明白了侵略者后，脖子立马儿奢拉了，没咒念了。给家里的发短信的，是她的初中同学，叫小北，人家有钱，整天开辆小轿车，夜游神一样，到处焗大姑娘小媳妇的。

有了物证，还得个人证。小三儿逮了这么多年鸭子，也有几招三脚猫。他把儿子拽出来，给买了两瓶果汁、两包辣片。小家伙鼻涕泡一冒冒的，过生日的时候，叔叔拉着我和妈妈，去了县城吃大龙虾。小三儿又一蹦蹦的，叔个屁，你爹快被他篡位了。转头又一拍大腿，完了，完了，肥水流了外人田，死娘们一心二用，吃着嘴里的，看着锅里的啊。小国儿说，这算啥凭据？小三儿呜呜的，俺孩子又不是他祖宗，他瞎插哪门子蜡烛？

一山不容二虎，事情到了这个地步，家里的就回了娘家。

那天，小三儿他娘说，三儿啊，你地荒了，别人种种，一回两回的，动不了风水。小三儿他娘又说，庄里有几个离的，跟着凤凰沾光，跟着夜猫子挨枪，俺六十多了，跟着你啥好没有，就成了光棍子他娘，算是臭到家门口了。小三儿在天井里一蹦蹦的，这块地俺是不要了，谁爱种就种，到哪都是二手的。李振成家的在隔壁听了，就出去议论，这娘儿俩，不知道谁是地主，谁是长工了。

起初，小三儿和家里的没办离婚证，去幼儿园接孩子时，还能吃了没、吃了没地点点头，二坏说，没准儿还能钻到一个被窝儿。等小三儿他爹一掺乎，小三儿和家里的就狗咬狗，一嘴毛了。

彦盛说，三儿啊，真有钱啊你！小三儿脑袋就嗡嗡了，咋了？彦盛说，你投了三万块，是准备当乌龟还是当王八？以前，挣了是你老婆的；现在，挣了是西门庆的。小三儿酒盅子一蹾，俺他妈打他的虎。小三儿开了他大哥的越野，想把小北的桑塔纳比下去，一溜烟到了丈母娘家，嚷嚷着要撤资。他小舅子攥着个棍子就蹿出来了，还没问你要名誉损失费。小三儿挨了一棍子，越野也挂了花，又一溜烟地夹着尾巴逃跑了。小三儿家的听说了，跑到彦盛家里，打了一上午螳螂拳，最后，还把桌子给掀了。小三儿他娘气得挺了尸，醒过来就骂，这个女陈世美，咋不被包黑子铡了哇。

小三儿见了我，老是大哥大哥的。那天，几个人拉起呱来，我就叹气，啥世道，拿结婚离婚的，当儿童节过了。小国儿噗嗤一口大前门，嘴里一哼一哼的。我说，咋了？有内幕？小国儿说，听说法儿，小三儿上临沂拉鸭，灌了点老猫尿，打了只野鸡。老婆一看，小三儿的东西花花绿绿的，变了质，就不让上床了。老锅盖儿听了，啧啧啧的，不是一家人，不进一家门啊。我说，小三儿这事儿有证据？小国儿说，他老婆那事儿有证据？老锅盖儿嘿嘿了两声，又说，只有夜猫子知道。

据说，离婚那天，小三儿问儿子，你跟着谁过？爸爸是你亲爸爸，妈妈不是你的亲妈妈。儿子不知犯了哪根神经，慢慢拉住了小三儿的手。妈后来说，猫狗喜亲乎，小三儿家的老骂孩子。

小三儿一把抱过儿子来，眼泪像断了线的珠子。

花生油儿

花生油儿被阉了。

瞎汉渔夫晃荡着大白眼珠子说，二奶奶，花生油儿没家什了，往后咋和老婆过日子？怕是没了宝塔，镇不了家里的河妖啊。小沈阳儿他娘一拍大腿，用你咸吃萝卜淡操心，人家当太监去中不？李同前噗嗤吐了个烟圈儿，哪辈子了，皇帝早死光了。同棋家的是花生油儿的二婶子，眼立楞立楞地不爱听了，不是阉了，是割了个腰子，别瞎吵吵。她一说瞎，渔阳的眼珠子就转悠不动了。

花生油儿确实不是阉了，他把一个腰子，换给了自己的崽子。

花生油儿命苦不是头一回了。那年，他娘生完他没几天，就扔下他和他哥大拇指，双腿一伸，吹了灯，拔了蜡。花生油儿没见过亲娘，就把奶奶当成了妈，趴在怀里一拱一拱的。花生油儿家里穷，从小没摸过书包，没事干的时候，挂着两串鼻涕，吸溜吸溜的面条子一样，房前屋后逮蛤蟆、抠知了龟儿。十几岁了，他三舅毛妮子在我家拉大锯，花生油儿坐在床沿上，甚是虔诚地说，俺以后就跟着三舅学徒了，要也得要，不要也得要。毛妮子端着酒盅子,就嘿嘿。几年的工夫,花生油儿便能做个门、搭个窗,成了村里的小木匠。

花生油儿他爹李同灯,闲着没事,在家里开了个赌场,凡是玩牌儿的,他都抽个五七六分的。眼瞅着花生油儿不小了,跺了跺脚,给他弄回来一个娘儿们。小娘儿们还算标致,就是破马张飞的,经常把花生油儿掐得跟穿了迷彩服似的。花生油儿的买卖大了,一个人劈不了那么多木头,就在村里找个学徒的,帮着打打下手。这个学徒的比我大不了几岁,小时候还一起躲过猫猫、打过酱油。不知咋了,得了鬼剃头,大夏天戴个帽子,顺着墙根儿走,眼一挤咕一挤咕的。

花生油儿好酒,盅子一端,吱溜吱溜的,几下子就脸红脖子粗了。老婆每天给他炒几个菜,花生油儿不知是计,鼻涕泡一冒冒的,喝了就往床上一歪,呼呼地拉风箱。他老婆捅咕两下子,看花生油儿没反应,和学徒的在边上就哼哼哼的。那次,花生油儿渴醒了,一扒拉眼,旁边四条腿举火烧天式,摇摇摆摆地,还有伴奏,吓了一大跳,当是闹鬼了,定睛一看,他老婆赤着身子,正在那折腾学徒的。花生油儿一蹦三尺高,学徒的吓得裤子没拿,就夹着小尾巴逃跑了。花生油儿说,操你娘,天天灌俺酒,俺还以为犒劳俺,原来是犒劳那个王八蛋。他老婆啪啪一拍床帮,你他娘的天天面条一样,还不让俺吃肉了?!花生油儿脸更狰狞了,他在这学工,一分学费不交,你倒好,给人家补贴,还补成了二房。劝架的听了,都憋得跟茄子般。

同棋家的听了，埋怨说媒的，男的浪了满街逛，女的浪了倚门框。听说法，她识字班时，就捅捅咕咕的。说媒的脸拉得老长，一个破木匠，吃口天鹅屎，就算是喝了麦乳精、蜂王浆，补充营养了，还想挑三拣四。从那以后，花生油儿晚上再也不喝酒了，馋得慌了，拿根筷子敲空瓶子，叮叮当当直响。

庄稼人日子过得快，麦子割一茬，年头也就碰到年尾了。割不几镰，花生油儿的儿子十八岁了。他这崽子随妈，一天往家里领好几个女朋友，鸡飞狗跳的。没过多长时间，得了尿毒症，钱花了几十万，就是治不好。这崽子索性当一天和尚撞一天钟，没事就靠那张小脸蛋，花里胡哨的，去摆弄大姑娘们。大姑娘们不知道底细，只知道哼哼哼哈哈哈。花生油儿嘴咧得老丝瓜一般，留点种儿吧，都哆嗦净了，就吹灯拔蜡了。这崽子也不搭腔，天天早出晚归，甚是勤劳。

前年，花生油儿老婆领着崽子，打了个小面包，一溜烟儿来北大医院检查，医生说，别看了，得换肾。他老婆说，换啥营生儿？大夫不耐烦了，腰子。他老婆说，多少钱？大夫说，二十万。他老婆一下子摊在地上，坑死人算了，老家的腰子五块钱一个。崽子把他娘一把拽起来，不是猪腰子。晚上吃饭时，花生油儿老婆眼泪汪汪的，您大哥啊，家里叮当响了，上哪弄腰子，上哪弄票子？我瞥了一眼崽子，兀自在那嘀嘀地发短信，不知给谁家丫头下套儿。

娘俩儿回去后，拽着花生油儿去医院查这查那。花生油儿说，崽子有病，查俺干什么？还能转移了？他老婆拿着化验单，一晃晃的，换你的腰子。那天晚上，他老婆把家族里的人都叫来了，说换腰子的事儿。同棋家的说，万一换了不中用，爷俩儿都打了水漂，好歹留一个看家护院。他老婆说，不换，崽子就死了，俺把花生油儿和你们都当柴火烧。同棋说，清官断不了家务事，换猪的、换狗的，俺都不管。花生油儿耷拉个脑袋，一个屁都放不出来。

腰子换了两年了，崽子活蹦乱跳的，花姑娘勾搭得愈发勤快了。去年儿和小国儿拉呱，你说说，崽子办女的，算自己的，还是他爹的？小国儿愣了一下，反正肥水不流外人田。那天，我碰到花生油儿，二叔，怎么样。花生油儿摸了摸腰，小小，没劲儿。说完，趿趿拉拉走了。

我恍了下神，半天没明白，这个没劲儿到底是个啥意思。

李大硬

大硬不硬，也不软，半斤老白干下肚儿，就窝成了物质。

大硬是我叔。大硬是绰号。叔人本分，本来没诨名儿，婶儿嘴哆嗦，硬生生给赚了一个。那些年，叔家揭不开锅，婶儿瞅着叔，满脸都是九宫、阴阳和八卦。掐指算了半天，跑到奶奶家，俺要参你一本，咋取的名字，风水不好。奶奶一头雾水。婶儿又哼哼，俺叫如风，他叫小灯，一吹就灭，火星子都不剩，怪不得直不起腰来。奶奶就笑，别参了，你说叫啥？婶儿不哼哼了，大雪压青松，就叫李大硬，爱他娘的啥风啥风。奶奶说，吹不动，你就毁了。婶儿愣痴了半天，先硬硬再说，大不了换换风向。

奶奶每次和我们讲，我们就笑，谁知道她吹的是西北风还是东南风，她咋不给自己改名字，顶风不就好了？奶奶老革命了，正理更多，顶风的，不是作案的，就是臭的，更难听。

叔家穷，理由很深刻，就是孩子多。

叔结婚的时候，生育就开始计划了，生几个孩子，当事人说了不算，国家是有指标的。那年，婶儿生下大闺女来，叔眉头一皱成了韭菜花；生下二闺女来，婶儿眉毛也火焦火燎了。妇女主任掰着手指头说，头胎是儿子，只能生一个；头胎是闺女，可以生俩，出门碰见小日本，认命吧，结扎吧。叔婶儿听了，连声应着，吃罢了晚饭，连夜拔营起寨，一股烟走了。计划生育的率领大军围剿，中了空城计，家里光溜溜的，别说锅碗瓢盆，连张门板都没留下，就剩几块水泥砖。妇女主任跺了半天脚，去找奶奶，奶奶老资格，眼皮都不抬，手指头一戳，孩子让你们吓唬跑了，去哪外国了，你说说，你说说。叔婶儿在几个姨子家天天四渡赤水，流窜了几年，练了一身飞毛腿，等生了两个儿子，然后才班师回巢。

那光景，两口子一睁眼，六张嘴就龇牙花子，不穷，就怪了。

婶儿额窄嘴扁，说话尖声尖气，眼伸伸着，鸡蛋都能找出碴子来。姥娘说，谁娶了她，有的受了。我打小不喜欢婶儿，现在才算好了，一语不合，一句话把她顶到孟良崮。婶儿和我妈是表姊妹，我说，咋把她弄到咱家？妈说，你奶奶家穷得一蹦蹦的，不找她，就打光棍子了。叔比婶儿小三岁。小时候，我去姥娘家，叔也跟着，婶儿离姥娘家两步远，打个呼哨，两人就花前月下了——这个日后被围剿过多次的超生游击队骨干成员，正抱着大三岁的金砖，不知今夕是何年。

我家是村里第一个种大棚的，竹竿弯了，插在地里，蒙上塑料纸，季节就不分明了，大冬天，蔬菜都花花绿绿的。叔见了，就跟着学。叔毛手毛脚，干活快，却不利索。一辆自行车，在爹手里，二十年不变样，到了叔手里，一年就变成独轮车。冬天风多,不管怎么吹,我家的大棚纹丝不动。叔家的,不留神就上了天,摇摇摆摆的,婶儿就抹眼泪,一季子收成,顺风不见了。

　　叔能干,几年工夫,买上了摩托车和手扶。大过年的,叔拿一沓子红纸,让我写对联,我不会,就瞎编。有一次,我顺手写了一副"摩托托进宝,手扶扶来财",叔就嘿嘿嘿的,像抢了个大红包似的。最初,我当是叔是文盲。一次,在菜地里看报纸,叔就嘟囔。我斜楞了他一眼,你认识个屁,就知道汤热了吹吹。叔说,就你能。拿过去报纸念了一段,单田芳似的。我妈说,他上过学,点完卯,就去捉家雀儿,人家书包里都是作业本,他装着青蛙,呱呱呱的,比老师的声音还大,就让他站在院子里数蚂蚁,他转眼就走了,下了河,逮鱼摸虾,搞了不少土特产。

　　叔娶了婶儿不久,就发现这人儿是块土砖,又懒又馋。一到出去干活,婶儿就懒驴上套,不拉就尿,一会儿指甲盖疼,一会儿头发丝痒,哼哼唧唧的。四个孩子都不小了,婶儿还偷着买点东西,藏起来自己吃。一次,叔出去干活,回家早了,婶儿正吃橘子,一看当家的回来了,没地方藏,把橘子全塞嘴里,噎得直翻白眼。叔一看婶儿伸着脖子,鸭子一般,嘎嘎的,就抠出个橘子瓣来,气得咣咣踢了两脚。

　　说起来也奇怪,四个孩子,大闺女和二儿子随爹,二闺女和大儿子随妈。大闺女买卖做得不小,农忙时,开车回来干活。大儿子在我家行三,要是让他买菜买酒,一个筋斗云就去了,让他干点活儿,比让太上老君下蛋还难。结了婚了,老婆出去干活,累得要死,回到家一瞅,老三窝在那看光头强,兀自嘴里囔囔的,分不清熊大还是熊二。老婆就骂,老三不搭腔。老婆性子急,大哥,他也不和我吵吵,跟棉花似的,三棍子打不出个屁来。我就笑,打出来干吗,熏人,卤水点豆腐,一物降一物啊。

这些年,叔日子红火了,逢年过节,儿孙绕膝,叔酒盅子一端,也人五人六的,跟阅兵一般了。当了婆婆以后,婶儿也是王大妈见了王麻子,强了好多点,再也不上午占山、下午落草了。妈说,婆婆不好当,当不好,就秋后的蚂蚱,蹦跶不了几天,儿媳妇就是克星。妈还说,你叔耿直,人也孝顺,就是累。我回家瞅瞅也是,他搞了几个大棚,还机械化了,就是白天不懂夜的黑,大年初一兀自趴在地里抠噎,生怕漏了哪个金蛋子。

叔喜欢喝几杯,我大盅子一端,他一会儿就进了趴在大门口,一动也不动,把好不容易吃进去的,全部坦白从宽了。有一次,喝得慢些,他就顽强了。说村里谁谁谁不可靠,要注意;谁谁谁还可以,能办事。叔有抱负,就是超生了,被记了黑豆,入不了党,空怀一肚子三国演义。他眯溜着眼,结结巴巴地说,俺……入了党,比、比大部分党员都强。我就笑,你又硬又顺风,是个小吉普,中了吧?有本事,一口闷了。叔不搭腔,一仰脖,吱儿的就是一声。

我就爱听这个响儿,和小日子似的,悦耳而绵长。

李主教

彦河当香主了。

小国儿说这话时，眼神已经月朦胧鸟朦胧了。小国儿是彦河的堂弟，肚子里几根肠子都捋巴得明白的。还出息了他？小国儿"吱儿"又一仰脖，真是屎壳郎攒个金箍棒，成精了。我就笑，金庸看多了吧，还香主，约计着是个主教。小国儿眼一斜楞，都是一个级别的干部。

李彦河入教，用范伟的话说，缘分！

彦河十几岁时，在河边看瓜，晚上住在瓜棚里，瞅星星，看月亮，好似一个散仙，就差半夜来个狐狸精了。实在憋得无聊了，就偷了家里十五块瓜钱，买回来巴掌大的一个话匣子。拨来拨去，进了宗教台，这一进去，就肉包子打狗了。等家人发现了，彦河嘴里已是念念有词，说自己是圣子圣孙了。一天，他瓜也不看了，非要去找组织，不让去，就上吊。想起他爹是个吊死鬼，他娘一哆嗦，抹了把老泪，手就松了。

彦河这宗教台没白听，折腾了半年，找到了菩提老祖。老祖一看彦河有慧根，就收留了。据说，他在那天天画十字架。一年后，老祖说，出徒了，回去招徒子徒孙吧。彦河回家后，设了祭坛，天天跳来跳去，把人唬得不轻。小国儿说，招屁，咱这里不信这个，回来肯定是安据点，搞个敌占区。

小国儿上学不多，但这事儿抓住了牛尾巴，闻到了腥臊味儿。

修行了没几年，彦河不是千年的王八万年的鳖，总得娶个娘们，暖暖被窝，留个种儿。十里八乡的，都不敢把闺女往半仙怀里送，万一哪天人家得道升天了，留下闺女守仙寡啊？老祖拍来电报，说安排一个信徒，给彦河当老婆。结婚时，教会在县城里已经有了根据地，教众倾巢出动，在村里为彦河操持了一个前无古人的婚礼。

婚礼有点儿瘆人，邪巴楞噔的，小国儿说，不知道的，当是诸葛亮吊孝。我说，咋了？小国儿嘴一撇，都穿白大褂，也不是死人了。这事儿在我二妹那里得到了印证。二妹那时十岁左右，小孩子爱玩，去抢喜烟和栗子枣，去了之后，发现很吓人，点着白蜡烛，不拜天，不拜地，也不拜高堂，唱了会歌，就草草结束了。

主持人致婚礼词，一旁的还钢琴伴奏。主持人就说，李彦河先生，你愿意娶某某某当老婆吗？彦河说，不愿意捣鼓这个干啥？大家哄地笑了。主持人一拍白大褂，照着俺夜来晚上教你的说。又问，某某某女士，你愿意娶李彦河先生为男人吗？娘儿们就说，又不是倒插门，是俺嫁给他，老祖怎么安排怎么来。主持人秃噜了嘴，大家腰都直不起来了。

主持人说，交换下戒指，进洞房吧。小国儿后来逢人就说，屁！还戒指！忘了买，我拿铁丝拧的。

彦河进了洞房，高潮却在洞房外。

主持人说，大家伙儿静一静，都听我说，人是怎么来的呢？是我们教主皇帝造的。有人到处说，人是猴子变的，你当是猴子真是孙悟空，想变啥变啥，有本事再拿猴子变个我看看？！

屎包一向爱凑热闹，就喊，你造个人俺看看？！主持人脸憋得通红，反正大家伙儿信我们教就行了，不受苦，不受累，大家都平等，念念经，啥病啊灾的都没了。他又说，瞅瞅彦河，老婆都是我们发的，待遇多好，赶上七品芝麻官了。

大哥彦朋和彦河一直尿不到一个壶里去，一看白大褂窜来窜去的，就急眼了，咱娘还没断气。花生油儿笑嘻嘻地说，大哥，你咋不参加婚礼？彦朋眼都红了，参加个屁，一群魔鬼。

彦河信这个，大家伙儿不信，两下里就生分了。而且，按照教规，老人死了是上天堂，不哭，也不上坟。彦朋就说，还有点人味儿吗？死人埋在地里，都发芽了，还地狱天堂的，忽悠三孙子呢。彦河孩子出生了，让彦朋去喝满月酒。彦朋就说，你造的，还是教主皇帝造的。彦河一脸茄子色儿，俺自己捣鼓的。小国儿说，满月酒俺去了，大家刚要吃饭，彦河忙叫停了，等等，等等，先让教主皇帝吃。拉着老婆的手，比画了半天，又念了半天咒语，等两口子说了句天门，睁开了眼，亲戚走了一多半儿。我说，你咋没走，小国儿嘿嘿嘿的，俺看那猪蹄子不错，酱得软塌塌的，教主肯定没啃过。

小五妮儿最先入了教。

那些年，老百姓日子苦，晚上没事儿干，就兔子般乱窜。

小五妮儿离彦河家近，一来二去，就入了迷。小五妮儿到处说，入教好，念念咒，下辈子就不是畜生了。她给她哥说，你不想变驴变狗吧，不想下油锅吧，跟着俺，俺是你师傅。她哥一蹦一丈五，我还是你祖宗。小五妮儿劝不了她哥，就劝自己家男人。男人叫梁大头，是外来户，人老实得蜗牛似的，一碰就缩尾巴，一踩就冒泡，但在信教问题上，是黑瞎子吃秤砣，铁了心，就是不开窍，死活不按黑手印。小五妮儿急眼了，一刀把男人的脚筋砍断了，到现在还是个半残废。

彦河说，这事儿，得开会，得批判，得贴你的大字报。

开会那天，小五妮儿忆苦思甜，批评与自我批评了半天。彦河脸一耷拉，咱庄里成立教会以来，你是第一个凶手级别的，你这样的，属于不安定分子，得开除。小五妮儿手都搓揉肿了，俺犯啥罪了？脚筋都接上了，俺那口子都跑马拉松了。彦河说，咱教里不杀生，不暴力，你呢？小五妮儿说，你不杀生，咋吃鸡？彦河说，买的。小五妮儿说，你不暴力，你咋打老婆？彦河说，打是亲，骂是爱，俺没白刀子、红刀子的。小五妮儿就说，别放紫花屁，不用开除，俺辞职，自己拉大旗，没你还不行了。彦河说，你出了这个门，就是歪教。小五妮儿头也不回，你一家人都歪歪。

小国儿说，这几年，彦河当上县域的香主了，小小，算是县级领导了吧？我就笑，县级领导有种大棚的？小国儿就说，他家的大棚都贴着教主，吃了会不会上天？我端着酒杯，说不出话来。彦河比我大不了几岁，小时候，老是围着我，让我拉呱，说水浒，念三国。那年，我正讲着，看见天上一道流星，就说，看，扫帚星。彦河抬头看了看，说，还是拉呱吧。

如今，彦河和我都不来往了。这芸芸众生里，不知道我们谁是流星，谁又是故事里的人。

孔老二

孔老二萝卜大的字儿不识一个。

这不奇怪。

孔老二不姓孔,姓李,是我二叔。我怀疑这个诨名是我妈给取的。那次,妈说,孔老二家又买了一头小猪。我问,二叔咋叫孔老二?妈就哈哈地,"批林批孔"啊。我说,啥孔?他实心儿,给个一当扁担使。妈说,那时候,批你还管识不识字,说你二就二。

孔老二不二,他这辈子数起钱来,保证插上几个广告,还能数出连续剧。孔老二最大的毛病,是细作。细作是老家话,就是过日子,一个葱能当三天的干粮,顺便还能榨出二斤油。下面说的猫脑袋是个典故,只要一说起来,大家都能笑趴下,尤其是奶奶,保准笑岔气儿。

每到过年,几乎家家户户都会买个猪头,炖冷肉。以前买的猪头,都是带毛的,把沥青烧得滚开,浇上,冷却了,往下一扒,毛就掉了。犄角旮旯里的,铁条烧红了,来回抹几下,嗞嗞啦啦一阵青烟,焦味儿打鼻子,猪头就光溜了。现在买的,都是屠宰场脱毛的。买回来以后，拿剁刀劈了，放在锅里煮，放上一包花椒皮子茴香，提味儿。出锅后，把骨头剔了，重新烧开，淋上酱油，调下色儿，撒上细盐，倒进大盆里，凉一晚上，冷肉就做成了。冷肉肥而不腻，入口筋道，肉冻红而透亮，富于弹性，浓香可口，是下酒下饭的好材料。我们那，一个家庭妇女不会做冷肉，就是进冷宫的料儿。

这里有一个插曲。

有一年，大硬家做冷肉，说，咋上色啊？五叔家的孩子叫兰儿的，不到十岁，在一边看热闹，俺妈说，放红糖。婶儿倒了一斤红糖，第二天一尝，蜂蜜一样，气得翻了十八个跟斗，倒到了猪食槽里，犒劳了一窝沂蒙黑。猪吃了也有效果，以后不加点红糖，就绝食。

说起来十几年了，腊月二十七八的样子，我寻思孔老二家年货办得怎么样了，就溜达着过去了——二叔和我家临墙，孔老二不自然，看我来了，慌忙拿个锅顶，把盆子盖上了。我不管三七二十一，过去打开一看，二叔,这是什么营生儿,这么点点儿？孔老二就搓揉手，买了个小猪头，不过年了嘛，犒劳犒劳。我就笑，拿鸡毛当蒲扇啊，你老人家咋不逮个蛤蟆炖炖？！孔老二嘿嘿嘿的，脸和关老二似的。

晚上喝酒，三叔从泰安回来，都办的啥年货？大家都说了。轮到二叔，把手伸进帽子里，挠了半天头，细声细气地说，哪买什么，一个小猪头。奶奶说，多大，捣鼓点来尝尝。我把盅子一蹾，你那是猪头吗，是猫脑袋。奶奶说，啥营生儿，猫能吃？我说，一个破猪头，不够塞牙缝儿的。三叔说，多么大？我拿手一比画，双手合抱，然后缩成了一个碗口，奶奶当时就喷了。三叔酒都洒了，说，二哥，过一回年，小孩儿都盼着，你真中。

孔老二细作，和他的个头成正比。

孔老二在爹弟兄五个中，个子最矮，一米六五的样子。我说，奶奶，孔老二咋这么矮？奶奶就笑，没奶水，吃不饱。奶奶还说，"大跃进"以后，榆树皮啃净了，观音土抠没了，就去公社饭店里要饭。别看二叔年龄小，脸皮鸡蛋壳一样，不好意思，见了生人就躲在奶奶衣服后面。我说，能要到吗？奶奶说，那时候人心肠好，吃不了的白菜帮子能给点儿。

孔老二脾气慢，不大说话，见了生人，还没开口就先挠头。我们家喜欢在奶奶那聚会，高兴劲儿上来了，就唱歌。轮到孔老二，被酒拿红的脸就蓝了，屁股扭来扭去，头发薅下一百多根儿来。磨蹭半个小时，憋出一条舌头。我就嚷，不唱，罚款，买瓜子。孔老二管不了钱，平常是在家里拿小费的，抠抠唆唆半天，摸出五块，就这些，还是过年的零花，没了。三叔就说，二哥，你就不能学学，自己哼哼时能得要命，一上台腿肚子朝前。二叔就磕头虫般的应着。第二年，又唱歌，轮到二叔，我手一伸，瓜子儿。二叔一张口，唱开了《亲爱的妈妈》。我大惊。四叔说，俺说你家大棚里咋整天嗷嗷的，当是招了狼，弄半年你在练。大家哄地笑了，二叔一挠头，这下子省好几块，嘿嘿。

妈说，别看孔老二细作，其实偷富。

偷富就是自己在家扒拉着脚指头数钱，也难怪，他一辈子雁过拔毛、鸡过扒翎的，是有点儿家底的。

孔老二年轻时不显山露水的，差点打了光棍子。不知道谁出的主意，牵了条歪线，娶了许家庄的高小玲。二婶小时候得了病，一条腿是瘸的，走起路来拐拉拐拉。身体有残疾的人，心理总有点那意思，二婶就显得比较难处。好在，孔老二拿着当个宝，三下五除二，生了个闺女和儿子。孔老二手巧，抹泥涂灰的，是一个泥瓦工，平常日子，骑个自行车到处窜。

孔老二精明细算一辈子，也掉过茅坑，吃过哑巴亏。

那年，村里来个卖貂皮大衣的，忽悠得要死要活的，说是一千多块钱一件，老婆被狼叼走了，孩子被狐领走了，他要拜观音求菩萨，不得不吐血大甩卖，说得声泪俱下。孔老二不看人家眼泪，紧着摸貂皮，溜光水滑的，就动了心，一下子买了几十件。晚上，孔老二美得睡不着觉，就掏出貂皮大衣来捋吧，一捋掉一块，一捋掉一块，一袋烟的工夫，一件大衣就成了陈佩斯，气得二婶当时腿就站直了，把卖貂皮大衣的全家翻腾了一晚上。孔老二也不声张，两个月没出去干建筑，到处里卖貂皮大衣，结果一件没卖出去，他就自己穿，据说能穿到二十五世纪。有人说，老二啊，发财了，大衣带毛还翻领的？孔老二也不搭腔，把头挠得啪啪的。

爹听说了，就哈哈的，你二叔脑子被貂踢了。

猴子老了也上不了树。这些年，孔老二年龄大了，看着脚手架像是南天门，烟火缭乱的，就蒙起了塑料大棚。以前，他从来没干过，老婆孩子都闲着，羡慕得我们要命，如今风水轮流，我心里说不出的滋味。每天早晨，孔老二和瘸腿二婶往菜地里跑，晚上，耷拉着脑袋，晃晃悠悠就回来了。

二婶身体不便，待人接物便灯火阑珊。女婿来了，煎饼咸菜，一语不合，就哼哼唧唧。那次，女婿的哥哥自己买了菜上门，我看没人陪，便叫了小国儿。喝了没三巡，二婶嗷唠一嗓子，我们七个魂儿淹死六个，剩下一个，捏着酒瓶子，作鸟兽散。

现在的塑料大棚越来越像面子工程，学城里的王八，争建第一高楼似的。前年，孔老二一脚踩空，搞了个自由落体，脚就碎了。我去看他，兀自念念有词，黄瓜有花了。伤筋动骨一百天。没俩月，孔老二钻进了大棚，琢磨咋把茄子种在南瓜上。我说能吃吗？孔老二说，又不是转基因，这是二人转。下地太早了，落下了病根儿。至今，在李村的王府井大街，犹能看见一个拐呀拐的男人披风戴月的。

小沈阳儿他娘就叹气，不是一家人，不进一家门。两口子一个瘸，一个拐，哼哈二将啊。

去年，孔老二聊发少年狂，盖起了两座沿街二层楼。盖前，问闺女要钱，闺女晃头；问儿子要钱，儿子摆尾。估计，他俩把孔老二的底子，都盘算得指甲盖子掉光了。盖完了，还没收拾利索，儿子把沙发往里一搬，当成了炮楼。二婶说，赶也赶不走。我说，你赶屁，不都是他的？二婶尖个嗓子，哪这么便宜？然后就笑。

我说，哎哟，二叔，住上别野（墅）了。孔老二挠挠头，嘴一咧，还活两辈子？！我爹的名言警句，不知啥时候被他学去了。

大叫驴

大叫驴开开口，连换馒头吃的聋汉都说，不知道是什么营生儿变的，一张嘴，黄世仁在坟子里都蹦三蹦，当是来了"四人帮"。

这话搁在"大跃进"，也不算是浮夸风。

大叫驴不是驴，是人。

说归说，闹归闹，但大叫驴的嗓门儿大，连东北老林里的黑瞎子都知道。有一天，驴眼儿抠着耳朵眼儿说，这个王八操的，吃土炮长大的，差点把我叫瞎了眼蛋子。乡下人土，开口就葱蒜味儿十足，不能都当做骂人。一些人说，大叫驴人直，只有大硬直晃拨浪鼓。一次喝酒，他扒拉着手指头说，小心点儿，驴尾巴蜇人。看着他被酒拿哆嗦了的嘴唇，我一时不明白这话的阴阳，只能按下不表。

单说大叫驴，此人姓李名彦金，脑袋大，脖子粗，不像种地的，像头猪，这话不是我学演小品的赵老蔫儿，是去年儿他二哥说的。大叫驴的脑袋不是一般的大，称一称，一百斤不足，五十斤挂零。小时候，北方的天冷，都戴帽子，就大叫驴冻得青萝卜似的，四邪嘎嘎的，直呼小名儿，昌盛啊，没这么大号的帽子，找个铁皮桶吧，当当的，小日本进村儿一样。大叫驴扛着个大脑袋，眼一翻翻的，白不拉叽的。

大叫驴哥仨儿，行二，人称"二忽悠"。

大叫驴他爹家风水不好，驴眼儿说，同全这是要吹灯拔蜡啊。同全是大叫驴的爹，干了一辈子赤脚医生，附近村都知道这么一号。同全人还算老实，就是那一年，被窝里藏了几箱子过期的药，被卫生局逮了个正着，要撤销退休待遇。同全说，我留着药老鼠的。卫生局就哼哼，怕是老鼠吃了发春。同全托爹找到我，求老爷、告奶奶的，才保住了二斤半晚节。

其实，晚节对同全来说，是聋子的耳朵，摆设。

添上杯酒，同全的秃脑壳儿就耷拉到脚面子上，唉声叹气的，风箱一般。那次，在他家喝酒，同全上了脸，头拍得山响，三个种儿，六个叉儿，个个都是喇叭花。仨儿子一听，顿时脑袋也伸到裤裆里了。一桌子十来个人，四个像是坦白从宽的地主老财。又几杯酒下肚儿，同全的鼻涕就拉面一样了，这是要绝户啊。说完，呜呜地，爷四个一抹泪，这顿饭就像最后的晚餐了。

渔夫说，他家老祖肯定没好货，不的话，咋不下蛋。

渔夫这话儿，说对了一半。同全三个儿子，三个闺女。老家话儿，闺女是赔钱的货。万万没想到，仨儿子更败家，一家子俩闺女。生一个孙女，同全掉一把头发，六个计划生育指标用完了，同全家就整天明晃晃的，不用电灯泡了。

大叫驴没儿子,嗓门儿就更大了,说话老弄上半句。

大叫驴爱打牌。他打起牌来,连他爹都诈尸。

老家流行三打一,有时也推牌九,这两年,南风吹得猛,一些老爷们娘们式式,麻将哗哗地,夜猫子都不敢进村。牌或麻将往桌上一摆,少则百把的,多则万八的,一晚上就不见了。小派头儿说,桌子上,少不了大叫驴这块货,少了他,诸葛亮都借不了东风。大叫驴抓牌,没个人言动静。他瞪着眼,攥着拳,嘴里念念有词,手一碰牌,来个二,凑对地。这一嗓子,能把一般人吓趴下。他牌不好,硬撑,到他坐庄,就嚷嚷,你们投降吧,不的话就叫你们死,投不投?有一次,屎包被吓住了,眼直瞪摸我,我心里有数,就说,看看谁死。大叫驴把牌一扔,你们不投,俺投。然后哈哈哈的,娘个腿,要个大王,来个三,一把蜂窝煤,没法捣鼓。

我家开个小卖部,早几年时,一些牌手都跑我家熬夜。爹不好这口儿,就陪着。这活儿减肥,一个月下来,瘦了十多斤。老惯例,谁赢了,抽点彩头给主人。那段时间,大叫驴老是最后一个走,跟爹说,大哥,你睡吧,我帮你看场子,捋捋钱。早晨起来,妈说,咋越捋越少。爹说,老鼠拉了吧。一次,爹内急,起来了,打牌的陆续走了,进去一瞄,大叫驴正把钱往自己口袋里装。看见爹来了,就嘿嘿嘿的,俺给你找零。说这话时,手脚不自然了。

大叫驴不止嗓门大,妈说,还是个官儿迷啊。

说起这事儿,李一昆牙根儿都痒痒,别看整天哈哈哈地,放在老年间,就是个高铁杆、小炉匠和胡汉三。

2000年前后,村支部书记李金水还乡团一样,八条腿走路,有些人就造反了,大叫驴一看,机会来了,和一玉一起当上了先锋官。手扶拖拉机一开,拉着一帮子人,就进了县城。有部门派人拦截,大叫驴把油门加到最大,拖拉机腾腾腾地冒着黑烟,大叫驴大吼一声,谁上来,轧死他。拦的人腿肚子转筋,夹着尾巴逃跑了。李金水下台了,老百姓投票,大叫驴忙乎了半天,只弄了个委员,没坐上江山,嘴就歪到脚脖子上了。酒盅子一放,就吆三喝四地,捅咕下牛,戳咕下猪。过了几年,村里换届,大叫驴一看,这样下去,还是没饲料。就和李金水合伙,捏造李一昆。村里电工,一个小名叫牛的,看不下去了,二叔,你想制造冤案?大叫驴嗷唠一嗓子,我不上去,包公都得掉眼泪。他这回儿鸟枪换炮,坐着金水的小车,天天上蹿下跳,终于得逞了。

那次,碰见一昆。一昆说,小小,操他家的老槐树,大叫驴真行,造反,招安,叛变,哪样儿活儿臭他干哪样,动物世界也找不出这么个先进分子。我就笑,大叫驴玩儿的就是个阴谋诡计、六亲不认,见风使舵,才行得了万年的贼船,老话儿不是说了嘛,不咬人,没肉吃。一昆就摸着脑袋,黑着个脸蛋子,嘴里嗨嗨的。

我忽然想起大硬的话来。

他说的都是土疙瘩里蹦出来的大道理,恐怕这个世界上还真有蜇人的驴。

王老七

王老七去医院了。

人吃五谷杂粮,有个病有个灾的,实在是癞蛤蟆长疙瘩,再正常不过了。但这次,王老七病得有点儿聊斋。

记忆中,王老七病过三次,有一次,我还拿着钱去,把他当老干部慰问了。但这次听说他病了,我扑哧就喷了。妈和我说了过程,王老七啃鸡骨头,卡着喉咙了,去了医院,大夫捏着脖子,扁嘴似的,掏嗤了半天。妈还说,王老七活该啊。

岂止是活该?!

王老七大名儿叫李彦本,在家行七,不知咋的,就混了这么个外号儿。早年间,村里有个联中,王老七在那里上学。老师说,这孩子学习好,考中专可惜了,还是上上高中吧,没准儿弄个状元。谁知,老师的这个说法,害了王老七一辈子。王老七上了高中后,学习也是尖子。他娘看着高兴,又因为是个老小,送饭的包袱,都往下滴答油。不知咋的,王老七被文曲星咬了后脑勺,落了个病根儿,平时在班里数一数二,一考试就紧张,能把一看成十，这下子就坏了，摸了几次大学尾巴，都无疾而终。老师说，算了吧，龙王爷要饭，没那个呼风唤雨的命。他娘抹了无数次眼泪，王老七扛着几包子书，就退隐山林了。

王老七大哥看了，就说，坏事了，七儿连韭菜和麦子都分不清，愁死算了。

那年，王老七去沙盖子割小麦，望一望遍地起伏的穗子，脸皱成了黄花菜。他爹说，让你割麦子，不是绣花，你一棵棵的，等着发芽呢？王老七眼泪就断了线的珠子一般了。从麦收开始，李村历史上唯一一个高中毕业级农民，就这样落草了。

孩子大了，就是只家雀儿，早晚要单飞。王老七家里开始给他张罗房女人。二哥说，让他买酱油能拎回瓶子醋来，谁要？他爹听了这话，就直哼哼。不知谁介绍的，从莒州弄回一个女的来。王老七说，不行，太黑了，晚上找不着。他同学，一个考了南开大学的就劝，什么黑白的，关了灯，都一样。王老七咬了咬牙，就进了洞房。

后来，有人就说，王老七家的岂止是脸黑啊。

俺那里的风俗，新娘子下轿伊始，要踩年糕，说是步步登高。点来点去，这个任务交给了我。我正上初二，请了一天假，冒着雨，端了一次糕。等拜完了天地，发现确实有点黑，但比倒坐南衙的那个，还是白嫩了不少。四哥说，七儿够呛。果然，没几天，王老七就蔫头耷拉脑的，跟在老婆屁股后面，老婆摇头摆尾的。彦达就哈哈的，秀才遇到了兵，不服不中。

安了窝后，他爹就在联中谋了个差事，让王老七教生物。

王老七天生就是读书的料。

几天工夫，王老七就是联中的优秀教师了，学生整天围着，王老师王老师的，王老七脸上一会儿槐花一会儿榆钱，别的老师腮帮子上就挂满了驴屎蛋子。一个叫扈培喜的老师说，王老七作风有问题。上级慌忙来查，教数学的扈培喜说，明明是水蚤（骚），他说是水蚤（枣），还什么单性。上级一跺脚，扈培喜，你娘双性行了吧，就走了。

大哥说，七儿这辈子就是吃猪屎的货，铁饭碗？还铁屁！真就被他看了透心凉。王老七有一个民办教师转正的机会。有一次，镇中学让我给王老七捎了封信，是市教育局的，我偷偷扯开一看，把信就撕了，至今没有告诉他。信里一顿红叉，也就是说，考试作弊，完蛋了。我就知道，王老七旧病发作，这辈子只能小葱拌豆腐了。那年，镇十四中学收不上来学生，一口把联中吞了，就王老七一块歪歪刺，吐了出来，被光荣了。

如果王老七这样下去，人生也算功德圆满了。

可他偏偏有个福祸无常的老婆，而他又偏偏是个见了娘儿们喊立正的货。娘儿们一整，王老七的一生，就浑身是漏洞，雨水般滴滴答答了。

王老七的娘儿们姓赵，叫莲美。起名字前没洗手，这个据说也是高中杆子的，既不莲，也不美，天天拉拉个黑脸蛋子，看谁都像潘仁美、庞太师，牙一咬咬的，要把谁铡了的架势。小时候，我借过他家一个录音机，到了晚上，王老七来了，东扯西拉的，屁股在凳子上磨了半天，长了痔疮一样，一会儿哼哼，一会儿嘿嘿，像是说单口相声。挠了半天头，走了。我说，王老七干吗？妈说，谁知道，梦游吧。不一会儿，八岁的闺女兰儿来了，俺妈说，来拿录音机，怕搁您家里少了半斤。我就笑，你爸呢？我妈说我爸没完成任务，一脚踹得哎哟哎哟的。我赶紧抱着送了去，王老七看见我时，正龇牙咧嘴，我说，拍武打片呢？王老七就嘿嘿，《戴手铐的旅客》。

话说，村东大路北有一片菜地，年轻人喜欢敞亮，陆陆续续盖起了房子，盖的时候鞭炮噼里啪啦的，没人问。都住了好几年了，有人开始半夜鬼敲门了，说是违建。按道理，菜地是不能这么用的，但纵容于前，追究于后，就有点儿说不过去了。大家一撺掇，就揭竿了。王老七在那也有份儿，跟着窜来窜去，当了个马后炮。那时候，王老七的三哥在部队当个巡山大王，他帮着捅捅咕咕的。不多日子，村里成了解放区。王老七就激动得烧大虾一样，三哥，这块儿大，算咱俩的。三哥说，也行，娘在里面住得憋屈，我出钱，盖个简易房。王老七大腿拍得紫不溜丢的，中中中。

家有老人是个宝。

自从娘搬来以后，他这个大家庭热闹了，聚个会、喝个酒，晚上还唱唱歌，散仙一般快活。村里的老年人瞪着通红的眼珠子，你瞅瞅，你瞅瞅，王老七他娘过的啥日子。小泥鳅儿就说，啥日子，人家天天吃仙丹。仙丹没有，但各种鲜货一大堆，王老七他娘九十多了，还是跨世纪的小脚老太太，走起路来就念叨，真没寻思活这么大。

有一阵子，王老七家的一坐下就哼哼，婆婆不明白，就说，他七婶子，肚子疼？王老七家的也不吱声，兀自在那运气，肚子一鼓鼓的。老锅盖儿说，七婶子练蛤蟆功，这是学欧阳锋啊。老锅盖儿他娘就说，还练神仙，这是屎壳郎往屎茅栏子跑，要找事（屎）儿。说这话时，作为二嫂的老锅盖儿他娘并没有意识到，一场战争，悄悄逼近了这个家庭，挑事儿的，正是练岔了气儿的西毒。

2011年，刚过了十五，晚上，王老七哥几个正在老娘那喝酒，王老七家的进来了，开口就骂王老七，操你妈的，活儿也不干，在这喝酒。一时间，用老锅盖儿他娘的话说，屎壳郎打喷嚏，满嘴里是大粪。三哥当过兵，见王老七家的张口骂娘，王老七屁都不放，站起来就是一巴掌，这下捅了马蜂窝，王老七家的嗡嗡地闹开了，嘴里念念有词，大家听了半天才明白，王老七家的想赶婆婆走，自己在这里盖楼。

后来，这事儿还闹腾了一段，细节不便披露，暂且按下不表。

大家分析，是王老七演了个双簧，没想到演砸了，搞成了珍珠岛。自此以后，王老七家的就和妯娌们不说话了，几年不进婆婆门儿。

王老七的闺女兰儿，二十多了，谈了个对象。兰儿说，俺家人多，乌乌泱泱的。未来女婿一进家，连只蚂蚁都没有，就疑神疑鬼的。老家的规矩多，新人上门，都是七大姑八大姨的，没人儿，说明过得臭。未来女婿端着茶，瞅瞅这，瞅瞅那，和王老七大眼瞪小眼。王老七急了，鸡，鸡，炖了一年多了，还不熟？王老七家的就冒汗，熟了熟了，鸡毛都熟了。端上来，两个人一人一个鸡腿。王老七说，您姐夫，吃，自己养的，没转过基因。说完，就往嘴里塞，咯的一声，王老七不动了，嘴里咬着半条腿，木乃伊一般，就眼珠子晃来晃去。未来女婿说，别装，酒得干了。喊了半天，王老七只是咯咯的。王老七家的过来上菜，下蛋呢，叫唤啥，不嫌丢人。仔细一看，才知道，被骨头卡住了，急忙让儿子开了手扶拖拉机，扑扑腾腾地奔了县城。

这些细节，还是王老七的儿子小臭说的。老锅盖儿当时负责倒酒，忙乎了半天，活该，那鸡腿给我就没事儿了。

说活该的大有人在。

小沈阳儿他娘知道了，也骂，怎么不卡死，闺女婿来了，炒了鸡，他娘九十多了，连块骨头不给吃。王老七被鸡骨头卡了后，想起未来女婿还要上门，就脊梁骨发凉，连忙去几个哥哥家说项，过了一年，把闺女热热闹闹地送人了。今年年初，王老七的娘走了。之前，王老七已经成功地把他娘撺走了，自己盖起了两层楼。大哥说，咱娘得搬走，不的话，光气就气死了，哥几个唉唉的。

那天，看着王老七趴在他娘的灵前，呜呜地哭，眼蛋子却转来转去，我就想，这个村里的高级知识分子，不知又打什么鬼主意。

四狼

四狼死了，妈说。

我心里咯噔一下子。

前年某一天的上午，我给妈打电话，妈说，刚才彦军噌噌地跑来，告诉你爷，说四狼在羊圈里，一头栽下，动也不动，就没了。四狼家里连个人魂儿没有，彦军就跑咱家来了。我说，俺爷去了？管这个干吗？妈说，能不去吗？人死了，一了百了啊。这里，先科普一下，俺那里土话，管爹叫爷，念一声。习俗是个很奇怪的东西，妈的村里，管爹叫爷，念二声。放下电话，我连忙拨给三叔，三叔在泰山脚底下，说，我心里晃了好几晃，人不行，咋的也是亲叔啊，断了骨头连着筋。

小时候，我听过一些人设想过四狼的无数结局，但谁也没有想到他这个狼真的遇上了羊，且死在了羊的怀抱里。

妈说，四狼其实不坏，坏就坏在他老婆那。我不这么看，不是一家人，不进一家门，窝里臭烘烘的，哪头猪也窜过稀。

四狼，大名李同起，行四。算起来，是我的亲四老爷。老爷的爹叫李忠和，生了四个儿子、三个闺女，四狼是老小。说起来很有意思，都是一个爹妈生的，到四狼这里，就拐了弯儿，蝎子的屁股，毒一份，邪不楞噔的，要不咋叫四狼呢？二老爷莱芜战役牺牲了，三老爷去世得早，加上我老爷出嗣了，他在家里，就横着走了。四狼国字脸，中等偏上的个头，相貌堂堂。妈说，家后里，老一辈里数四狼，年轻一辈里数你爷。

但我瞅着四狼笑呵呵的脸，就会觉得他想咬人。

他不是没咬过。

包产到户时，我们几家子地在一起，要重新勘划界碑，量着量着，大硬家的地少了。那时，大硬还不叫大硬。四狼主持丈量，反复量我家、孔老二家的，尺子量秃噜了皮，地还是少二分。爹忽然明白了，四叔，量量你家的。四狼身上的毛就炸了，地不会飞，还跑俺家下蛋来了。爹说，地不飞，人飞。一量，他家果然多了。四狼脸就不是脸了，自此以后，见了我们就绿油油的。

四狼和老老爷一个院儿，老爷出了嗣，这个院子就是他的根据地了。老老爷是烈属，有补贴，好吃的多。我们那管曾祖父叫老老爷——一去老老爷家，四狼家的耳朵伸老长，毛茸茸的。有一次，我和四狼的小闺女吵架，他闺女哭着说，白眼狼，俺家对你家多么多么好，你家还怎么怎么着。我就窃笑，四狼的孩子骂别人是狼，这就有意思了。那时，我俩都不到十岁，心胸都针鼻儿似的，回家和妈说，妈就笑，肯定是您四奶奶编了教的。现在想来，教孩子这些事儿，家长就不是家长了。老老爷很喜欢我们，每次去了，都给好吃的。瞅瞅隔壁四狼家的，耳朵一抖抖的，呼呼喘粗气。

三老爷死得早，有两个孩子——二姑和三姑投奔了四狼，不久，就起义了。

二姑、三姑去了一趟东北，回来就说，四狼太狠了，把俺家的树杀了，还要房子。说完，呜呜呜地，拉起了风箱。老爷说，老四见了石头都想啃一口，打官司吧。官司没打，四狼家的一蹦蹦的，蹦了半天，把钥匙还了。二姑打开门一看，啥也没了，就剩几只老鼠窜来窜去的，玩亲子游戏。二姑说，把床得还给我们吧。四狼家的鼻子歪歪了，要床干吗，地上宽快。二姑就说，你咋不去探母？四狼家的只看过样板戏，探啥？看热闹的有懂的，就说，四郎探母。四狼家的又蹦了三蹦，俺还探海！旁观有人说，那是夜叉。四狼家的愣了半天，往地上一坐，双腿一蹬一蹬地，俺不活了，欺负死了。嚎了半天，连半条鼻涕都没有。

妈说，四狼是窝里横。

这话说完没多久，四狼就被人咬了一口。

俺村里的规矩，五保户一般是族里人供养。同仕三个闺女，没儿子，不知怎么安排的，由四狼家供养。四狼的儿子叫屎包，送粮食时，老是小贩儿一般，缺斤少两的。同仕那天发神经，一称，就上了墙头。同仕个矮，胆子大，七十多岁的人了，敢拿着石头追小青年。四狼就蒙了，就赔礼道歉，二哥二哥地叫着，同仕的脸，还是擀面杖一样。没办法，四狼让屎包下了跪。以后，屎包一去送粮食，就哆嗦，杨白劳似的。

这几年，四狼老了，就埋怨老婆，都怨你，整天哼唧，这下好了，一个进门的没有。他主动去奶奶家坐坐，见了我们，也很热情。奶奶说，俺见了四狼就心惊肉跳。我就说，你是被咬怕了。奶奶说，找个好老婆，比啥都强。老锅盖儿就说，抽奖似的，不好中。

四狼七十岁了，身体倍儿棒，整天放羊，都圆鼓鼓的。可惜，最后一窝羊没卖，就牺牲在了岗位上。过年的时候，我去给四狼的遗像磕头。看着这张笑呵呵的脸，我忽然琢磨，不知道他会不会想起自己放过的那些羊。

老锅盖儿

老锅盖儿的老婆是忽悠来的。

老锅盖儿叫李文龙,在奶奶几个孙子中,行二,小名叫小盖儿。某天,奶奶聊发少年狂,呵呵一笑,就给他取了这么个外号。不怨奶奶忽悠,老锅盖儿小时候也忽悠自己。有次,突发神经,编了个顺口溜儿,盖儿,盖儿,大锅底下一窝盖儿。我就说,你仓老鼠,还一窝?盖儿就嘿嘿。

说起忽悠老婆这件事儿来,老灰最有发言权。咋说呢,她就是主谋兼主犯。

老锅盖儿二十多了,孔老二就猴子一样,抓耳挠腮的,心里蹦跶了千百只蚂蚱。

那时候,孔老二家不富裕,老锅盖儿又是兄弟中个子最矮的,除了捞鱼摸虾,捉鸟逮鸡,啥也不会。孔老二瞅着老锅盖儿,嘴里嗨嗨的,不知是鼓气还是泄气。一到晚上,孔老二就提溜二斤桃酥,要不就是钙奶饼干,偷偷摸摸地往一些著名媒人家跑,也不说话,只是坐在那里抓头皮。抓了半年,还真有保媒拉纤的。

那时，老锅盖儿还在临沂一个大学蒸馒头，请了假，把头发舔得锃明瓦亮的，从哪弄了件西装穿上，就有点儿雄赳赳气昂昂了。老锅盖儿胆子小，老灰正好大学放寒假，做了保镖。他俩跑到老谁家，和女的干耗了半天，回来老锅盖儿脸一阵红一阵白。

老锅盖儿小头蟹脸，眼不大，看人老是闪闪烁烁的。小时候，额头磕了个竖疤，以后，连老婆都叫他二郎神。此时，二郎神兼老锅盖儿的小眼儿里，和电视剧中的宋大成差不多，满满的都是对爱情那东西的渴望。我说，快给我喜烟。老锅盖儿嘴不知往哪里歪了，也不小气了，掏钱就买了，手一甩甩的。

对完象，老灰回家就摇头摆尾地，说，够呛，老锅盖儿一句话不会拉，张小如溜光水滑的，在青岛打工，还喜欢《青年文摘》，知识青年，开口就是徐志摩、莫文蔚。孔老二问了究竟，头皮抓得咣咣的。过了几天，小叔从青岛回来，就说，趁热打铁，她不来，你们去，直捣老巢，猫狗喜联络，过年了，叫来玩玩儿。老锅盖儿也抓头皮，脸憋得紫不溜丢的。老灰说，俺跟着，还反了。那时候，小叔还有辆专车，普通桑塔纳，噗噗通通的，三个人下了圣母冢。

小张屁股一扭扭的，不想来。老灰说，庄近，交个朋友怕啥，去玩玩，还吃了你。小张晃了好几晃，就噗噗通通来了。孔老二头皮也不抓了，抓开了鸡，弄了一桌子，把小张撑得不行不行的。晚上，小叔说，俺请。在奶奶家，又喝上了。喝到兴头上，大家唱歌，小张高歌一曲，觉得这个家庭不错。慢慢地，两个人开始通电话了。

一通电话，又坏了。老锅盖儿握着电话筒，像拆地雷的皇军，嘴聋，一个屁放不出来，就知道捯粗气，哮喘一般。老锅盖儿和老三在一起打工，老三念一句，老锅盖儿背一句，恋爱谈得和孟良崮战役似的，敌人还没打枪，自己先阵亡了。喘了几次，小张那边就忙音了，以后，电话都不接了。

这时候，老锅盖儿和小张的关系，基本就是明月别枝惊雀，离鸡飞蛋打差一头发丝儿了。

老灰去青岛过暑假，问了问，就说，人家文艺范儿，写信吧。

老锅盖儿初中没毕业，就练了逃课这一功，嘴里直哼哼，遗传了孔老二，抓头皮。老灰说，我替你写。——为了写这篇文章，我还专门打电话采访老灰，你那时都写的啥啊？老灰说，还啥，就说喜欢你，你是特别好的女孩，我要向你好好学习，看人不能看表面，要找对你好的，我要好好疼你，我嘴笨，不看广告，要看疗效之类的。我就笑，这不是忽悠人吗？老灰嘿嘿的，不忽悠，不忽悠他哪来的老婆？几封信下去，满纸李清照，欲说还休的，小张的心就动了，估计嘴一咧咧的，心里跳得和兔子一样。否则，两个人就成不了。

结了婚，小张咣当生了个闺女。

老锅盖儿就来气了。他不生气小张，他生气自己家的墙。农村里喜欢写标语，老锅盖儿的新房，被计划生育的写上了生男生女都一样，女儿也是传后人。没结婚时，老锅盖儿路过时，看看通红，还怪好的，和装修过差不多，没事儿还念叨两句，当成了娱乐节目。当闺女一生下来，老锅盖儿就不干了，妈拉个巴子，传后，传个屁。拿着铁锨就给铲了，弄得墙皮和铜锤花脸的一样。

铲完了，老锅盖儿的爱情生活也多一块少一块的，差点到了终点。

小张读书中了毒，喜欢花啊草的。老锅盖儿除了干活，嘴上缝了线一样。那天晚上，小叔家的孩子回来，住了他家里。半夜打电话给我，大哥，坏了，打起来了。我说，你拉架啊。这孩子不到二十岁，急赤白脸的，我不会。我噌噌跑过去，两个人正王八看绿豆。小张说，没法过了，得离。老锅盖儿不说话，嘴一揉揉的，泪吧嗒吧嗒下来了。我说，离也行，你还能找着对你这么好的，二货头，谁要，谁伺候你，没准还打一顿，二婚都是当牛做马的。小张嘟囔了半天，就泄了气。

小张人好看，也老实，在家里最小，有姐姐们罩着，有点儿懒。嫁人了，忘记相夫了，除了带孩子，里里外外就靠老锅盖儿。

老锅盖儿勤快，干活和博尔特似的，长了翅膀。说起会做饭来，蒸馒头时学了点，但归根到底是自学成才。偷吃惯了，就成精了。

小时候家里都穷，鸡蛋是食谱上排名第一的山珍海味。老锅盖儿不到十岁，就开始偷着炒鸡蛋。阎王不在家，小鬼乱炸锅。孔老二两口子一走亲戚，老锅盖儿就猴子坐上金銮殿。他把门一闩，不一会儿，锅屋里就炊烟袅袅了。有一次，老锅盖儿吃完了，睡了。孔老二把门砸得噼里啪啦的，进去一看，把老锅盖儿打了一顿。

  这事儿不怨孔老二，是老锅盖儿作案手法不熟练。鸡蛋都是有数儿的，老锅盖儿奢靡之风大起，一下子炒了三个，又忘记刷锅，锅里油乎乎的，还有渣子，就被当场缉拿了。自此以后，老锅盖儿常在河边走，就是不湿鞋。我老是看见他家烟火缭绕的，闩着门，里面叮当作响。几年工夫，老锅盖儿比进了蓝翔技校还强，练了一手伺候老婆的好手艺。

  我问老灰，你替写情书的事儿，小张知道吗？老灰说，能让知道吗？小张有一次还和我说，不知怎么的，文龙文采没了，字儿都不会写，也不明白信是怎么捣鼓的，抄的还咋的。老灰就嘿嘿，爱情的力量，爱情的力量。我说，得保密一辈子，否则，你这个同谋，也得吃瓜落儿。老灰就说，那是，那是。

  有一次，小叔做梦，说，弟兄五个过河，就俺二哥没过去。

  过了几天，小张又生了，是个闺女。这下子，过河一说应验了。一段时间，孔老二唉唉的，孔老二家的也不出门了。倒是老锅盖儿抱着二闺女，美得鼻涕泡一冒冒的。妈说，这个孩子，小头蟹脸的，像老锅盖儿。小张也说，文龙喜老二，说以后老了，有送酒的。

  那天，喝了几杯酒，老锅盖儿脸红扑扑的，说，大哥，女儿也是传后人啊。

三老爷

传说,三老爷这一辈子栽在了名字身上。准确地传说,他是被别人叫倒霉的。

都说三老爷神经病,我就没看出来。三老爷去世快三十年了,那时我还小,那时我家正在打水井,那时每次上小学经过他家门口,我叫一声三老爷,他都笑嘻嘻地回了。这样一个慈祥的人,怎么会是神经病呢?

而且,一个神经病会选择这样一个决绝的死法?

后来,爷说,要不是你二姑脸皮薄,你三老爷死不了。

三老爷叫李同乐,"乐"本来是个好词儿,老家话一叫"落",就满嘴鸡屎蛋子味儿了。多年以后,奶奶兀自恨恨不已,咋取这么个名字,没起来,就落了,一辈子好不了。瞅瞅一落,名儿也歪歪了,赌博鬼,光棍子货,一走路,浑身掉渣子。

三老爷是上吊死的。

据说,三老爷真的有病,犯了就打老婆和孩子。三奶奶是蔡家驼骨头的,嫁过来后,生了四个男孩子、三个女孩子。不知咋了，三老爷狂躁了，动不动就打人，当成了家庭作业，而且是往死里打。三奶奶带着孩子，大老鼠领着小耗子们一样，东躲西藏的，可怜得要命。老老爷一看，要出人命，咬咬牙，跺跺脚，给离了婚。要知道，1970年前离婚，在农村里，可是光屁股推磨——转圈儿丢人的事儿。三奶奶把二闺女、三闺女和三儿子留下了，自己带着被打得最厉害的，下了东北。

又据说，三老爷有个怪癖，喜欢赶集。那时候，阴历每旬三八日，在邻村公社驻地逢集，三老爷提溜个袋子就去了。小商小贩们一看见三老爷，就向日葵似的招呼，爷们儿，来了，新鲜的菜。三老爷就说，多少钱，贵吗？小商贩们嗷嗷地，贵，贵得要命。三老爷就笑了，蹲下来，挑三拣四的。我听到这个故事，才知道他确实有问题。就这样，家里的钱，除了他吃中药，就是买豪华蔬菜，都哆嗦净了。

他的三儿子，小名儿小秃的，是个孩子王，一放了学，就去咸菜缸里摸腌菜疙瘩。那年月，盐管制得厉害，是必需品，最便宜的东西了。家家户户弄个大缸，腌咸菜下饭。小秃摸出来就啃，齁得鼻子眼儿窜气儿。吃完，喝瓢子凉水，啊啊的，凉水咸菜宴就告结束。小秃说，饿得胃里泛酸水，吃咸菜压酸，再喝点水，饱饱的。现在，一看到咸菜，就想起小秃啊啊的样子。

离了婚，三老爷还不消停。

不知咋的，三老爷疼三姑，不疼二姑，不是打，就是骂，身上老是西瓜皮一样，青一块、紫一块的。有一次，打厉害了，跑到我家去了。爷领着我，一起送回去了，三老爷说啥答应啥。二姑那时二十岁了吧，抓着个窝头啃着，眼泪哗哗的，小到中雨似的。

爷说，三叔，家里不宽快，没钱了，就去俺那拿。三老爷直点头，嘿嘿笑着。谁也没有想到，这一点头，他走上了绝路。

根据事后的还原，基本情节是这样的。

那天，三老爷没钱买药了，就说，小妮子，去问你大哥借点钱。二姑小名儿叫小妮子，上了我家。我家正在天井院里挖水井，四叔大硬和大舅在帮忙。大舅是空军，一表人才，没结婚，大小伙子的，二姑怕生，就张不开嘴，吭哧吭哧的，站了一会儿。爷说，有事儿，二妹妹？二姑直晃脑袋，看看，看看。眼瞅着要点炸药，就走了。二姑回家说，大哥说没有。三老爷脸不好看了，叹了口气，没有没有吧。二姑下了菜地，等她回来，三老爷已在小东屋的梁上，一晃晃的了。

我过去的时候，三老爷直挺挺地躺在床上，赤脚医生正指挥着，按压胸膛。爷按了半天，没有动静。赤脚医生扒了扒眼皮，不行了。床下，就哭成了一片。爷拿张烧纸盖在三老爷脸上，他这一辈子，就被这张纸盖住了。古老相传，吊死鬼要找个替身，下辈子才能还阳。家里就准备了一只红公鸡，在三老爷上吊的地方给吊死了。公鸡扑棱扑棱的，鸡头和冠子，一会儿紫不溜丢了。我觉得有些害怕，也许三老爷就和这只鸡样子，有无奈，也有不舍，留给这个世界最后的动作，就是挣扎。

三老爷死后，二姑、三姑和三叔，陆续下了东北。过了几年，二姑和三姑又回来了,只留下了小秃。

听说,三奶奶去了东北,嫁给了一个姓王的老头,生了一个小子,三奶奶管他叫七儿。2011年9月,休假的时候,我带着两个妹妹去了东北。三奶奶和大姑、大叔、二叔、三叔和五叔在黑河市的二龙山农场。他们夏种秋收的,日子还不错。那天,喝了点酒,和三奶奶聊天。三奶奶精神很好,就是背驼得快贴到脚面儿了。三奶奶说,买了票,下了车,我拖着五个孩子,一路要着饭,就到了这里。不容易,不容易啊,说这个的时候,她脸上笑笑的。

外号叫大牙的,是四儿子,前些年为了生个孩子,迁到了李村。叶落归根,三奶奶还舍不得三老爷,想死了后,埋在一起。2013年,她千里迢迢带着养老金回到村里,和四儿媳妇住了一段时间后,又抹着眼泪回去了。据说,大牙媳妇天天骂,赶着走,不让死在她家里。大牙媳妇还说,这么多儿女,非住俺家里?大牙不说话,直摸自己的秃头。

春节时,和家里人聊天,都唉唉的。

一个几十斤重的老太太,将近中年时被丈夫赶去了东北,八十多了,又被儿媳妇赶回了东北。这么大一个地方,咋就没有个容身之地呢?!

三毛儿

三毛儿躲在家里不敢出来了。

妈说,三毛儿怕死。又说,彦达上吊后,三毛儿大门不出,二门不迈,躲阎王爷呢。还说,三毛儿胆小,就怕半夜鬼敲门,风一刮,腿肚子转筋,求老爷告奶奶的。我就嘿嘿,黄泉路上无老少,躲得了初一,躲不了十五,没用啊。妈就笑,万一阎王爷忘了呢。

三毛儿就是三毛儿,和流浪的三毛八竿子打不着,头是秃了点,但比起三毛来,还是多了不少根。三毛儿是老爷的堂弟,我得叫三老爷,他免贵姓李,人称同华。搁在古代,就是家里的宝,因为"同"字辈,只剩哥儿一个了。三毛儿这个诨名字,不知道谁给取的,我打小就知道。问来由,妈说,他毛毛愣愣的,坐不住,一会儿摇头,一会儿晃屁股,长了疖子似的,正说着事儿,被踩了尾巴一般,拿腿就跑。

我观察了几次,他还真火烧猴王似的,稳不住神。

那天,他去奶奶家拉呱。正说着孙子没媳妇的事儿,唉唉的。

没两分钟，突然，噌一下子站起来了，得家走，老母鸡下蛋了。奶奶就笑，再坐坐，您三叔。三毛儿说，家走晚了，鸡蛋叫夜猫子吃了。奶奶说，您家哪有鸡？三毛儿嗨嗨的，有没有的，回家看看。说完，呼呼地跑了。那天，在他大儿子家喝酒，刚竖了一盅子，屁股就抬老高，得家走。大儿子说，看什么看，一个电视一张床，旁边几块甘蔗糖，给人家都没要的。三毛儿说，不行，老母鸡下蛋了。二儿子说，屁母鸡，鸡屎都没有。三毛儿呼呼地跑了，到院子里还嚷嚷，鸡屎好东西，肥。

三毛儿有点毛，可他老婆不毛。

三毛儿十几岁就结婚了，找个老婆大好多。据说，三毛儿一掀盖头，老婆就扑哧了，弄半年是个毛孩子。那年月，女人能干，不像现在，鼻子不是鼻子，脸不是脸的。老婆就把他当孩子养了，惯得不行。三毛儿和人打架，老婆一蹦蹦的，再欺负三毛儿，吹他家灯，拔他家蜡。可惜，老婆死得早，五十多就没了。三毛儿没人管，就牵着牛啊羊的，当起了王二小。偶尔，孙女去给包顿水饺，嘴都歪歪了。

若干年岁月里，三毛儿恪守种地的本分，春种秋收，自留地里刨出了三儿三女。三叔说，三毛儿要玩完。大儿子生了一个孙子，自己撒尿都费劲。二儿子生了一个地质学家，至今拿书当老婆。三儿子倒下蛋了，都是抱窝的。有一次，三毛儿在奶奶家直抓自己头上的几根毛，坏事儿了，坏事儿了。奶奶说，咋了？丧门星似的！三毛儿说，要绝户。奶奶说，不俩孙子吗？三毛儿说，屁，一个歪瓜，一个裂枣，不是麻子是坑人。奶奶说，这东西，心急吃不得热地瓜。三毛儿说，都假冒伪劣，哦，哦，我得家走，看看老母鸡。

都说三毛儿整天嘻嘻哈哈的，其实，驴屎蛋子外面光。

七十以后，三毛儿连心里都毛了。只要谁家死人，他就在家里躲几天，看看风声过了，再探头探脑地溜出来。那次，家后老谁死了。三毛儿跑到我家门口，您大嫂子，吓毁了。妈就笑，早晚都有那么一天。三毛儿小脸焦黄，坐都不坐，家走看老母鸡去了。三毛儿和彦达也是堂叔侄，差不多大，八十岁出头。彦达当了梁上君子，三毛儿一个多月没出来，门闩得当当的，谁叫也不开。躲过了风头，小派头儿见了，同华，在家下蛋？三毛儿慌慌张张地说，还有心思下蛋，不完蛋就告功了。

三毛儿喜欢过年，过年就热闹了。二闺女当年考的中专，端了银行的碗，腊月二十几，送一大把新票子，一毛、两毛、五毛的，一晃，啪啪的，三毛儿牙一龇龇的。大年初一，三毛儿在家等着，一有拜年的，就嚷嚷，今年涨了，五毛了。大硬就说，咋不三毛儿？三毛儿哈哈的，不涨涨，没磕头的。忽然明白过味儿来，你这小孩儿，没大没小的。大硬就说，你这人，省一毛都不愿意。大家就哄地乐开了。我去磕头，三毛儿说，小一辈，一块。我磕完了，一把抓了好几块，这么大年纪了，怎么这么抠？三毛儿急了，太多了，破产了。我说，你再咋呼，再咋呼，都给你抢了。三毛儿就嘿嘿了。

我和三毛儿一直没大没小。

每次回去，三毛儿见了，就说，小小，没给我带瓶酒？我说，我都戒了，你还喝？耍猴？三毛儿说，你这小孩儿，这么抠。我说，跟你学的。说归说，我内心尊重他。三毛儿和老爷投脾气，和姥爷也玩得好，酒盅子一端，不分彼此。2001年，老爷去世前，三毛儿天天守着，大哥，好了咱还得喝啊。老爷说，第三的，得喝，孙子从北京又带回一桶来。

那几年，给老爷上坟时，三毛儿一直没落下，每次都是从供桌上端起一杯祭酒，佝偻着身子，一饮而尽，嗓子眼里堵了东西，大哥呀，我陪你喝杯酒。

我听了，眼泪一下子就出来了，擦也擦不完。

小地主

荷兰人死了。

死了？！我张大了嘴巴，斜楞了老三一眼，怎么死的？我十一回家，搬个马扎，在家门口和老三拉呱时，他说的这个事儿，让人吃惊不小。老三往大路上一指，那不，洪洋他二闺女。我扭头一看，一个不到三十的女的，抱着个洋娃娃，正朝这边走。老三说，别说，叫大洋马一捣鼓，混过血的，就是好看。我说，好看是好看，荷兰人一死，鸡没飞出国，蛋却打在家里了。

不消说，李洪洋的闺女嫁了个荷兰人。

虽说有支曲子唱得好，城里人，乡下人，都一样。但这纯粹是关起门来放屁，臭作乡下人的。你要在乡下刨几镢头地，翻几铁锨土，就巴不得回城里舔垃圾桶了。这年月，城里人别说男嫁男、女娶女，嫁头毛驴都不是啥新闻，可搁在乡下，特别在俺村，敢开洋荤的，吃荷兰海鲜的，也就是洪洋家的人了。

用谁的话说，洪洋是谁啊？人家是地主羔子！

这话不是骂人，是实话实说。不过，也吹乎了点。都解放多少年了,地主早就斗秃噜皮了,哪里还有余孽,顶多是冒出了新兴资产阶级。可一扒拉手指头,洪洋是地道的地主三代,虽然根正苗不红,确实是个小地主。

洪洋他老爷是俺庄里第一大地主。那一年,老百姓晴了天,洪洋他老爷夹着尾巴逃跑了,据说去了青海。没过几年,洪洋他爹弟兄五个回来了,尾巴一晃晃的,满脸社会主义的草。一打听,不得了,这弟兄五个吃了国库粮,不干活,有工资,每人一个小本子,拿着能换钱换粮。一些老佃户就直扑棱脑袋瓜子,看不明白了,这是盗御马还是将相和?地主羔子,万人恨,斗了半天,咋就能和工人、农民称兄道弟?还有一些就说,不就还乡团吗?反正没地了,拿的又不是咱的租子。

洪洋是地主的嫡传长孙,纯种的剥削阶级,打小就走方步。走到八几年,洪洋继承了不少东西,脑子又活泛,开起了油坊,搞起了饭店,小日子叮当作响。那时候,电视机少,老百姓没事儿就神窜,我就是在他家里看的《乌龙山剿匪记》和《追捕贼王》。一旦晚饭时分,洪洋他老婆嘴一撇撇的,饭还没吃,就来看电视。话是这么说,她还是把电视机调得咣咣地响。小派头儿家的就说,你看把洪洋家里美的,过年不用买鞭了,鼻涕泡啪啪的。

洪洋长得还算端正,但地主的毛病遗传了不少。

比如,他不能三妻四妾了,就采花。以下是传言,一般来说,不能对号入座。洪洋家里流油,舅子、姨子就跟着喝汤。那年,洪洋的小姨子来给带孩子，不知咋的，被洪洋俘虏了。洪洋经营有方，搞起了单双号，一三五往老婆床上爬，二四六拿小姨子当地种，星期天就玩二龙戏珠。某日，洪洋家的哭得呜呜的，洪洋的堂嫂去拉架，没五分钟出来了，脖子一拧拧的，鸭子般嘎嘎地乐。有人问，她就卖开了关子，说，洪洋家的进了冷宫。

前几年，洪洋的油坊差点倒闭了。

俺村里两个油坊，一个是洪洋开的，一个是一水儿开的。一水儿两口子嘴大，逮着个蛤蟆能说成个王八。洪洋的油坊一出油，一水儿黑脸蛋子就拉拉着，一副红刀子、绿刀子的样子。一水儿家的到处广播，说，洪洋家的豆油是绿的，男的吃了戴绿帽子，女的吃了流产。又说，他豆油不纯，掺了地沟油。那时，屎包不懂，地沟油是啥营生儿？一水儿家的就说，大叔，你疯了还傻了？地沟油就是吃过一遍的，净是唾沫星子。屎包就啊啊地吐口水。这下子坏了，洪洋的买卖一落千丈，急得他在家里直练八卦游身掌。等明白过来，洪洋在家里一蹦蹦地骂，但没凭没据，只能干瞪红眼珠子绿眼蛋子。

老婆生下两个闺女后，洪洋眼就直了，说，什么破地？种稻子出玉米。他老婆不敢说话，直抹眼泪。抹了几年，咣当生下个大胖小子。洪洋大喜，这孩子是龙种，会飞，叫鲲鹏吧。大嘴怪在电线杆子下晒日头，拿袄袖子一蹭鼻子，翅膀没有，肉丸子，还他妈龙种呢，就怕是个小老鼠。这话儿还真让大嘴怪说对了。小时候，鲲鹏天天偷钱买方便面、腊肠的，吃得嘴里一股添加剂味儿。

那年秋天回家，妈说，出奇了，洪洋二闺女找了个荷兰人。我说,他二闺女干啥的？妈说,能干啥的？在临沂打工。我就暗笑，龙生龙，凤生凤，地主的孩子会打洞。掰玉米时,路过洪洋家门口，饶是我见过世面，兀自吓了一大跳。一个一吨重的外国人，黄毛少而卷，拿个马扎坐在门口，拿蓝眼珠子瑅摸人，门神一样瘆人，秦叔宝尉迟恭一般。

一次喝酒时，老锅盖儿说，黄毛可能怪有钱。小国儿说，有屁，好驴能啃狗尾巴草？来庄户地里的洋鬼子，都是穷鬼子。洪洋可不这么看，是个蛤蟆就能攥出点尿来。他撺掇二闺女，给鲲鹏在临沂买套房子就嫁，不买，哪里凉快哪里趴着，不换脑筋就换人。房子买没买不知道，反正是入了洞房。洪水家的说，黄毛能喝，结婚时，一桌子人都下了桌子底，他还在那吃喝着拆鹅拆鹅。我就笑，二奶奶，不是拆鹅，是干杯的意思。洪水家的说，桌子上有烧鸡，我当是荷兰人挑理了，好吃鹅。

老三说，荷兰人是喝死的。

老三对细节不是很清楚，就说，荷兰人在临沂干活，接待了几个朋友，喝得不少,回家就躺下了,洪洋二闺女还说,今晚安稳,不打呼噜了。第二天，日头晒脚底板子了，还不醒，一摸，冰凉了，洪洋二闺女就嗷嗷的。据说，黄毛死了后，荷兰来人了，孩子也没要，抱着个盒子回去了。我说,洪洋没难受？老三说,难受个屁！第二天，小饭店重张，二踢脚噼里啪啦的，晚上喝多了，和鲲鹏爷俩好、六六六地闹腾了半晚上。

说着说着,老三嘬了口将军,噗嗤了一吐,眼神儿有点儿散,悠悠地说,地主家的孩子,和别人家的,就是不大一样。

一水儿

一水儿爬棋子家墙头了,妈说。我问,忘吃药了?妈在电话那头就笑,叫钱烧的,钱多了都犯病,烧包啊。

一水儿没病,有病就不爬墙头,该跳井上吊了。

一水儿爬墙头,是看着棋子媳妇,流口水了,就学开了西门大官人。其实,棋子媳妇并不好看,天天油熏火燎的,孙二娘她奶奶一样,一水儿拿屎壳郎当芦花鸡,想炖一锅汤,明显是酒盅子上头,下半身提前改革开放了。休怪一水儿口味重,一个开油坊的,十丈开外,就知道一块青石能攥出多少尿。

都说一水儿发了。我琢磨也像,一水儿的脖子和肚子间,看不见中转站了,走起路来,浑身洪湖水浪打浪不说,眼立楞着,看谁都像野味儿。这些年,一水儿满嘴语气词儿,嗯啊嘿哈的,嗓门破锣一般响,净敲上半句了。在他思想里,等他说下半句的时候,别人就得嗨嗨地,像猪头小队长的翻译官。

那天,赤脚医生李同全说,西门庆开药房的,一水儿开油坊的。我听了,哈哈大笑。

一水儿大名李义气。

一水儿本来不开油坊。传说，小时候瘦得麦秆似的。一次，他爹看见一水儿肚子一晃晃的，嘴角往外流豆油，唬得掉了九个半魂儿，当是油仙下凡了，急忙拿盆子接了，捶打前心后背，硬是吐出半盆子油来。一水儿吐得只剩白沫儿了，他爹兀自祷告着敲个不停。他娘急了，死一水儿，这是作啥妖？一水儿翻了翻白眼，说，馋毁了，偷喝了油坊的。他爹说，小老鼠，上灯台，偷油吃，下不来。他娘踢了他爹一脚，别放紫花屁，称称去。他爹提溜着砣，称了称，三斤半，往几个瓶子里一倒，吃了好几个月。那时候，油坊还是大队的，家家荤腥味儿少，都黄不拉叽的，唯独一水儿一家七口子，个顶个油光满面。幺闺女叫小丫的，嘴大，逢人就说，俺哥成精了，会吐油，一炸锅，吱啦吱啦地，扑鼻香来打鼻香。

一水儿偷了一次油，就开了窍了。

某年，公社和大队散伙了，大家把东西分的分了，包的包了，各人过各人的了，油坊也撤了。一水儿跑到县城里，跟着他三叔，在声乐鞋厂里纳鞋底子。二十世纪八九十年代，唐国强替鞋厂吆喝过一阵子，穿上声乐鞋，走遍全世界。后来，厂子还上了市。再后来，厂子去它姥娘家了。一水儿在识字班里，猪八戒摸鱼一般，裤裆里窜唬了几年，犯了作风问题，被赶回了家。他爹愁得咣咣直放屁，五个孩子，就一根正经玩意儿，再晃荡晃荡，得打光棍子了。听说法儿，一水儿在家吃了几碗软饭，瞅了瞅油瓶子，计上心来。

某天，老少爷们发现，一水儿不干针线活，开始榨油了。

榨油的一水儿很快不是一水儿了。他先找了一个比自己高两头的老婆，又安了一部数字电话。他打电话和别人不一样，我见过一次，先是清清嗓子，然后那个那个的，接着就摇头摆尾，被马蜂蜇了一般。支部书记在大喇叭头子里那个那个时，他爹就在电线杆子底下，一水儿个屌操的，打电话也这个破味儿，把自己当县太爷了。说完，自己先嘎嘎地笑了。

2001年，我老爷去世，埋完了，要请红白酒。

喝着喝着，一水儿把杯子一蹾，二大爷，你天天坐主位上哼哼哈哈的，也不怕闪了眼。那个叫二大爷的，是彦喜，当过几天民办教师，平时指指戳戳地，自封赤脚大仙，族长似的。彦喜说，一水儿，猫尿喝多了吧，没大没小。一水儿说，别屎壳郎戴眼镜，装啥破知识分子，自己偷地瓜，薅地瓜秧儿，还天天评论这、笑话那，屎壳郎打喷嚏，怎么张开那张臭嘴？彦喜脸就茄子似的了，嘴一歪歪的。

王老七偷偷说，一水儿这是要篡权。

屎包说，这个也能篡？王老七说，有钱就是二大爷，你输了，被派出所扒了光腚，不跑他那求老爷、叫奶奶借的？屎包抓着头皮，嘿嘿开了。

自那以后，一水儿只要一上酒场，就嗷嗷的，大叫驴一样，好像除了孙猴子，就他有金箍棒。他喝酒和别人不一样，明明坐在下风头，却浑身长了刺，屁股扭来扭去，杯子到处晃。他要插不上谁的话，就拿痨病当服装，喀喀地咳嗽，非把自己搞成主角。

俗话说，无商不奸。爹和他处了一次，就知道这人为啥发财了。

有一次，爹找一水儿，您大哥，想把您大老爷的坟修修，有空的话，帮着拉两车土。一水儿胸脯都拍紫了，大叔啊，说哪里话，保准实行三包，代办托运，放心吧。拉完了，爹说，忙乎了半天，咋也给点儿油钱。一水儿一翻眼皮，啥意思，看不起您侄儿？两车破土就算账，隔着门缝瞅人，把俺看得扁扁的了。爹不好意思，那这样吧，去大本事那，弄了几个菜，爷几个搞两壶。一水儿哈哈的，这个中，这个中，钱是什么，钱是孬种，越花越勇。酒足饭饱，辽宁又拿了条苏烟，打扫帚上撅了根儿草，抠着大槽牙，一晃晃地走了。二叔说，都说一水儿不是营生儿，这不怪好？中了，咱弟兄五个甭凑钱了。爹说，看来人得交，不交不热乎儿，不交不知底儿。过了几天，一水儿顺着墙根儿来了，大叔啊，俺老婆说咪，拉土的钱，得要，俺老婆还说咪，俺要不回去，她来要。爹说，就说得支钱，非不要不要，哪能白干啊？一水儿就嘿嘿，这个老娘儿们，钻钱眼子去了。说完，数了数，一揣，哼着《好汉歌》儿，走了。

那天，爹把这事儿一说，我就笑了。二叔说，一水儿这东西，还真不是个东西。

一水儿两个孩子，一个去了银行，写写算算，一个去了隔壁县，收收发发，这下子，一水儿更不一水儿了，直到会了七十二变，爬了棋子家的墙头。我说，棋子弟兄俩不打他？妈说，打屁，他还要打人家，这年月，钢镚儿比腰杆子硬啊。

我常年不在家，不知道爬墙头的是如何下回分解的，只是记住了爹的一句话。

一次，和几个叔喝酒，他们又聊起拉土的事儿来，爹说，一水儿就没吃过一次亏，又说，一水儿不干不净的，不止是油啊。

李大豆腐

豆腐喔,豆腐喔……

李大豆腐推着三轮车,一瘸一拐地沿着李村的王府井大街,从东到西吆喝着出来了。小喇叭挂在车把上,吱吱啦啦地响,李大豆腐一脸笑模样,斑白的头发,豆腐渣一样。

我掀开湿盖布一角,热气一下子就蹿出来了。

在外这么多年,一提起豆腐来,我直扑楞脑瓜子,特别是北京的豆腐,许是被南方咬了,石膏点制,水多而嫩滑,没有豆子味儿,入嘴能淡出鸟来。老家的豆腐卤水调和,结实、筋道,水分少,弹性十足,嚼一嚼,豆香味儿能拽下半条舌头。

睡梦中,李大豆腐一吆喝,这一天算正式开始了。

李大豆腐叫李彦雄,是我没出五服的堂叔。说起来,这个诨名字的版权归我。李大豆腐卖豆腐时,必经过我家门口。我端着一瓢豆子,一声断喝,此路是我开,此树是我栽,要想从此过,换点豆腐来。李大豆腐就笑,就你胆子大,敢拦路抢劫。我把瓢子往他秤里一放,改名算了,李大豆腐吧,听着硬棒。小沈阳儿他娘知道了，嘎嘎的，硬棒个屁，他日子过得，豆浆一样，水不拉叽。

李大豆腐这辈子岂止是豆浆，手指头一扒拉，从青年时起，就被卤水点得蜂窝煤一样了。

李大豆腐二十啷当岁时，家家户户还吃大锅饭。老少爷们儿除了被编在一个大队里，还抽了些青壮劳力组成了专业队，养养蚕，喂喂鱼，算是社会主义的草。那年麦收时节，李大豆腐在打麦机上脱壳，休息时睡着了，有人一开电门，李大豆腐杀猪般嚎叫一声，等电门关了，一条腿成了麦粒。他爹三毛儿一听，咯的一声就过去了，明白过来后，大腿拍得红色娘子军一般，革命无罪，造反有理，让去脱麦子，咋脱人了？嚎了半天，又说，自己动手，丰衣足食，还好没脱净，剩下一多半儿。又说，我们都是社会主义的接班人，家什掉了没？没掉？没掉就是身残志不坚。孔老二学这话时，我一口酒把他喷成了海底捞。

谁也没想到，李大豆腐因祸得福，成了白领儿。

李大豆腐腿掉了，算是工伤。大队里给他安了条假肢，李大豆腐穿上的确良，嘎吱嘎吱地当了大队会计，靠背椅上一坐，嗯啊哎哟的，手里要是有把扇子，就是吴用了。有人给他张罗了一房媳妇，一入洞房，媳妇一蹦三尺高，从窗户跳出来了，躺在院子里直打滚。婆婆听说了，一个筋斗云跑过来，您大嫂子，这是练什么神功，这是？儿媳妇一个鲤鱼打挺起来了，多两条腿是王八，多八条腿蟹子，这少一条腿算哪路妖魔鬼怪？婆婆搓巴着手，多条少条的，一个待遇，都不会飞。媳妇呜呜了半天，叫俺来对象，死鬼坐椅子上，就是不起来，写写画画的，兜里插三支笔，俺当是支部书记，闹了半天是空城计。婆婆就说，米是生的，却做成熟饭了，你走了就是二水，不信试试。媳妇又咬牙又跺脚，屁股拧了半天，耷拉着脸蛋回了洞房。

李大豆腐小腿儿还是管用的。结婚后，两口子咣咣生了俩闺女一个儿。儿子一岁时就知道一加一等于五，五岁了却还不会走路。李大豆腐说，这头怎么这么大，脚像长了脑袋上，一爬老是打滚。三毛儿说，有毛病吧，脖子和蒜薹一样粗细。一查，两口子都瘸着腿回来了。三毛儿说，您大嫂子，你腿也断了？倒是言语啊。李大豆腐呜呜两声，还不如断了，小脑里啥啥压迫神经，走路不板正，大了可能瘫。三毛儿立即就瘫了，小偷手不干净，咱家脚不干净，作哪门子孽啊？

那天，我去李大豆腐家，李大豆腐说，可惜了，这脑子要是长了狗腿上。媳妇说，那是狗腿子。李大豆腐说，翻译官也比这样强，头耷拉着，俘虏一般。媳妇说，上腿不正下腿歪。李大豆腐白眼一翻翻的。

不怪两口子气急败坏。

李大豆腐这叫强强的孩子，是个读书种子，上学的时候，年年第一，一直读到了省农业大学研究生，可走起路来，像是扭秧歌的，大脑袋上挂俩眼，斜斜楞楞的，要是不扶着脑袋，人就滚了。在大学里，都是一帮子同学拿他献爱心，背着去上课。研究生一年级的时候，强强情窦初开，领回来了女的。我没见过，据说就性别是雌性。李大豆腐高兴地一蹦，假腿啪嗒就掉了。一打听，高中没毕业，是食堂里扫地的，李大豆腐直嘬牙花子。媳妇说，孬好是母的，留个种儿就行。结果，扫地的在李大豆腐家扫了两晚上地，一看要做一辈子保姆，立即就屎壳郎搬家了。

李大豆腐说，您大哥，这咋捣鼓。我说，你不会捣鼓，叫医生捣鼓。李大豆腐一咬牙，连借带攒，拿了八万块钱，上了三〇一医院。那天，我陪着挂号，爷两个，一个歪歪扭扭，一个扭扭歪歪，在大厅里演双簧。晚上，我请爷两个和大夫吃饭。李大豆腐不拾筷子，嘴里抽风机一样，滋滋地捯气儿。我就笑，大叔，我请。李大豆腐嘿嘿了两句，眼就松了。手术做完了，强强好多了。李大豆腐一手敲着碗，一手捏着盅子，说，这回要冒烟了，这回要冒烟了。

结果，李大豆腐烟还没冒，火就熄了。

休了一年病假，李大豆腐开着卖豆腐的三轮送强强上学。路上，还和我打了个招呼。强强坐在车厢里，扛着大脑袋，雄赳赳地像个大公鸡。结果，不到半个小时，就出事了。李大豆腐车开得飞快，拐弯时，把儿子甩下来了。强强在地上挣扎时，李大豆腐兀自把着方向盘，呼呼地向前冲。这一摔，孩子彻底成了李大豆腐一辈子的豆腐渣工程了。

前年，我去李大豆腐家，两口子正在做豆腐，热气腾腾的。我说，走两步。强强从电脑桌前挣扎着站起来，扭了一段探戈，然后扑通窝在沙发里，大哥，我查了，这病好不了了，一天不如一天。又说，最后就剩个头会动。说完，晃晃脑袋自己笑了。我抓了半天头皮，却不知从何说起。强强说，我在电脑上写小说，三十万字了，还没点击量。我打开看了看，写的啥太子怎么着怎么着的，就暗暗叹息。

十一回家，还没醒，李大豆腐就吆喝开了，我从阳台探了下脑袋，大叔，这么大年龄了，别受罪了。李大豆腐就笑，谁像你，北京客，俺不做豆腐，喝西北风？

我起了床，净了脸，妈把白花花的豆腐端上来了，吃吧，还热乎。我夹了一块，蘸了蘸韭菜花，忽然想起李大豆腐爷俩的腿，嘴里的豆腐就不像豆腐了。

张燕青

燕青不是那个燕青，也不是浪子，更不会吹笛子，甭说梁山，泰山都不知道哪头细哪头粗，他的看家本事，就是气蛤蟆似的，鼓起腮帮子，横七竖八地吹牛。那日，燕青二两老猫尿下肚儿，茄子了脸，鼓上蚤一般跳将起来，别看是秃山，秃山藏神仙，神仙巴结我，我兜里都是钱……

小沈阳儿他娘嘴一撇，小牛不大抱着吹啊，大牛不小对着吹，有钱？有个屁，蝎子尾巴，就剩根独（毒）刺儿。娘个腿，俺倒看你这个秋后的蚂蚱，还能蹦跶几天？！我说，咋了，老二奶奶？小沈阳儿他娘一翻白眼蛋子，还咋了，他那家那俩武大郎，就能把他奶奶急还了阳。我哦哦了两声，就是，就是。

印象当中，燕青爹妈走得早，谁把他拉巴大的，是个疑案。小时候，去燕青家闹过房。那时没电视，没手机，结婚像是过大年，一帮秃蛋兀偻猴，瞪着红眼珠子，嗷嗷的，把心事儿往新娘子身上扎。我个子矮，脖子拔得黄鼠狼一个样儿，也没找到新娘子。就问，在哪里，在哪里？小国儿和我一起去的，那不，那不？

我一瞅，鼻涕泡儿差点儿扑哧出仨。燕青一挺胸膛能走进桌子底，新娘子只有他一半儿长，通红的脸，坐在床头，比绣花枕头小好几圈儿。

瞎汉渔夫和燕青临墙儿，就说毁了，毁了。

他爹同芳不爱听，啥毁了，丧气。渔夫说，一窝九个崽儿，连母一个样儿，我不扒瞎话，出了叉头，抠我俩眼。晒日头的就哈哈的。别看渔夫是瞎汉，没碰过娘儿们，但人家一直搞副业，养种猪，知道三七二十一。

还真让渔夫说对了。老婆生一个，燕青脸长一截儿，等俩儿一闺女生完了，燕青脖子上扛着南瓜一样了。过了几年，一家五口子一下地，齐刷刷的，武大郎搬家似的，壮观得不行。

我爹常说，人勤地不懒，种银子长金子。燕青明白这个理儿，但燕青更讲究受用。同前老不拿眼皮夹他，一有空就指指戳戳地，个子不行，毛病不少，懒就罢了，还馋得要死，该啊。确实该，燕青手里有了钱，就往嘴里塞，塞得家里光溜溜的，老鼠都三过家门而不入。不过，五口人都发了，个个找不到五官三围的。

燕青家地里不长东西，草盛豆苗稀，就搞起了实业。

那年，被酒钱憋绿了眼珠子的燕青，脑子忽然开了窍，小短腿跳了三跳，下了海。他不知跑哪里，贩了些鸡毛蒜皮，摆开了摊。老家那块儿，三乡五村的，固定了几个地方，轮流逢集，五天一个来回。燕青推个独轮车，我们那里叫小拥车，当起了老板。有时，他的摊子上还卖书，我在辛集砍过一本《残唐五代演义》，据说是罗贯中编的，李卓吾点评的。燕青一翻大眼皮，小小啊，有眼光啊，王中数项羽，将中算存孝，都盖世，就是一个抹了脖子，一个五马分尸，悲剧啊。我把书一扔，啥意思，大叔，谁看谁遭瘟啊？燕青一摆手，你是秀才，肚里有墨水，不是大老粗，你买了，中状元，琼林宴。

一次，在十字路口乘凉，问起这事儿，燕青一脸月朦胧鸟朦胧，忘到外婆桥了，俺就想卖营生儿，打二斤老猫尿。他话头儿一转，俺说的没差儿啊，你瞅瞅你，都我爱北京天安门了。我大笑，大叔，你是茶壶掉了把儿，就剩个嘴儿了。燕青嘎嘎的。我乘兴劝了几句，别又喝又吹的，人家当你脑袋瓜子进了水。燕青咳咳的，人有几个正常的，不正常才是人啊。我听了，一阵默然。

这几年，燕青成了反面典型。

很简单，老百姓日子过得好不好，人缘中不中，得看孩子有没有提亲的。以前，还讲究换亲，两家子有儿有女的，儿子是祸害，就拿闺女换着嫁。现在啥年月了，谁换谁被戳脊梁骨，搞不好还得蹲号子。在农村，女的缺胳膊少腿都能嫁，男的短一根头发就成了老少边穷。燕青闺女出去了，两个儿子成了万年闲。

那天，爷三个酒盅子叮当响了半天，就吵吵开了。燕青说，人家孩子一次往家领仨娘儿们，瞅瞅你俩熊样儿，连母鸡都不愿当面拉屎，别说下蛋了。大河和小河不服，你不把我们下成这样，早公鸡一群母鸡一窝了。渔夫蹲在墙根儿听了，鼻子歪到了大腿上，眼也不瞎了，一阵风似的跑到大街上，朝小泥鳅儿学话时，兀自上气不接下气。

　　一会儿，爷三个一人嘴角夹着一根儿烟，自家门口出来，歪着个脑袋，呼呼地鸟兽散了。渔夫嚷嚷，大哥，大哥，鸡配鸡，鸭配鸭，不是一家人，不进一家门，急乎什么？燕青在胡同口一蹦，我一脚踢死李元霸，一拳打死镇关西，没想到生几个孩子上不了炕，摞起来没煎饼高，要绝种啊这是。小泥鳅儿吧嗒了一口烟带锅子，我瞅着随根儿，蛋歪歪着，能造出正当玩意儿？

　　十一回家，二婶子送来一抱青叶大豆，说，择择，煮毛豆，喷香。正择着，妈说，大兄弟，豆秸秧子给你喂羊。我一抬头，燕青骑电动三轮车，拉着老婆过来了。他老婆想从车篓子里爬出来，我慌忙抱了秧子送过去。燕青唠了两句，一抖手，呜呜地跑了。

　　妈说，燕青也不愁得慌，我都替他熬煎。我说，各人有各人的命，没准人家心里翻江倒海。妈扔了一把豆子，燕青两个孩子三十了，还光棍子，咱庄里拔了头份儿。懒是种病，不好治啊。大河打工，腰里拴个绳子擦玻璃，小河天天趴地里，瞅着也都怪能干了。她停了停又说，现在左近庄里打工的上学的，哪里还有一个识字班？够呛了。

　　天渐渐暗了，依稀有妇女叫唤孩子回家吃饭，我也随着妈说了一句，够呛了。

喜儿

那天，喜儿喝完了，拧拧个脖子，在大街上来回窜哧，旧的不去，新的不来，三条腿的武大郎没有，四条腿的潘金莲一脚踩……踩……踩好几个。

小国儿呸了一口，喜儿这个屄操的，又骂街了。

喜儿没有白毛，也不姓杨，只姓李，大名同根，是个公的。诸位看官，喜儿冤不冤枉不好说，单单骂街这一项，就是罪人。话说今年大年初四正当午，喜儿一蹦蹦的，嘴里横七竖八，李一伦满脸烂石渣滓，小小啊，就这户的，搁旧时候，早就剁巴了，喂公鸡母鸡拖拉机。我也咳咳的，新社会，新国家，各人挣钱各人花，谁咸吃萝卜淡操心？

不止一伦，庄里没一个不糟心骂街的。

老时候，骂街是泼妇的正当职业，现年月，这行当破落了，大老爷们儿也能干。三叔很是不忿，家后里咋净出这样的货，一个老肠子，一个喜儿，灌点夜猫子尿，就在大街上蹦跶，光腚门子推磨，转着圈儿丢人呐。

三叔在泰安扎寨，不常家来，摸不着底儿。但单田芳的呱拉得好，无巧不成书。庄里修理地球的人都知道，两个骂街的男人脊梁后，窝着一个摇摇摆摆的大老娘儿们。

俺那风俗，闺女嫁出去了，秃蛋娶了亲了，爹妈家就成老家了。喜儿老家和我家临墙——这意思很显然了，喜儿家屎茅栏子朝哪，我都知道。喜儿年轻时还算老实，一棍子打不出个屁来，酒盅子掉了不带拾的。那年，喜儿成家，我去闹洞房，小媳妇儿满脸桃红，眼一弯弯的。谁也没寻思到，这一弯，弯出一提溜破鞋烂掌子。

喜儿和老肠子房前屋后，不知咋捣鼓的，两个人开个手扶，扑腾扑腾地，合伙当起了贩子。回来晚了，喜儿家里的就切巴两根儿黄瓜，俩老爷们儿财主一般，咔咔地掐起了酒盅子。内部消息说，某一日，喜儿多了，渴醒了，爬叉起了找水喝，听见外屋哼哼唧唧的，煞是销魂，喜儿定睛一看，妖精了，媳妇儿举着白生生的大腿，正在那和老肠子捉对儿厮杀。

小沈阳儿他娘是喜儿的亲二婶子，不过，老百姓嚼舌根子可不管九九八十一，都会大义灭亲。小沈阳儿他娘牙花子滋滋滋的，都俩孩子了，还狗吊秧子，就是怪了，瞅瞅，脸面儿不像老肠子啊。这时候，同棋家的已经半路出家，是个巫婆了，一脸大慈悲，善恶有缘，福祸同根，喜儿骂街，是岔了气啊。我叭地拍了个蚊子，顺手抓了几把，俩二奶奶，老肠子占了便宜，咋还骂街，他也岔气了？小沈阳儿他娘大胖脸一歪歪，还嘴呗。

不说老肠子，单表喜儿。

自此以后，喜儿隔三岔五，弄上二两白干，就晃晃悠悠地出来了。我家屋后大路，东西通透，一般人骂街，都来这里沙场秋点兵，当个大本营。骂街是门艺术。男人和女人骂街不一样，虽然都指桑骂槐，云里雾里，但女人骂街，即便糟践秦始皇、周扒皮，也是直奔主题，不是因为丢了葱，就是少了蒜。而且，女人骂街像个赤脚医生，满嘴不离人体那些家什，还有标准动作。我听过一回儿彦盛家里的骂街。这女人准备动作很样板儿，前腿弓，后腿蹬，然后或一手啪啪啪拍三下大腿，或两手叭叭叭合击三下，接着两腿一蹦，像是旱地拔葱，右手食指往前一戳，谁偷了俺的鸡，男的绝种，女的不育，大人长疮，小孩蜕皮……她骂得不环保，我只能学贾某人，此处省略多少字。彦盛家里的动作十分连贯，直似燕子李三、大刀王五。某日清闲，我试了试，浑身是汗，手脚仍丢三落四。

男人骂街就简单多了。一般是酒后，斜楞个脑袋，嘴夹子里挂着泡沫儿，通红的眼珠子，直勾勾的，一脚深，一脚浅，边走边哼哼，偶尔驻下，也是歪歪个脑袋，逼视右前方，身子一顿顿的，双脚却不离地，开口就是中央地方、贪官污吏、养老保险，一副倒坐南衙开封府的架势。初四那天，喜儿骂完了，一伦还有一句话，怪了，老婆养汉子，喜儿骂社会，打击面儿太大了吧。我说，四老爷，电脑上管这种人儿叫喷子。一伦八十了，算是少见的秀才，双手欧阳询，一手京胡儿，懂得个四五六，闻言就哈哈开了。

十几年前，大概是2003年正月初七，我放假在家，和喜儿交了一次手。半夜里,忽听得喜儿骂将起来,我睁了睡眼,瞅了瞅,凌晨两点半。喜儿骂了半个小时,还没有罢工的意思。我心里聒噪,自被窝爬出来,踢踏了拖鞋,大老爷,别骂了,还让不让老少爷们睡了?喜儿眼一立楞,你管不着。我一抄门口的铁锨,那就试试,作势欲扑。喜儿一蹦三丈五,劫道的,接着,屁股一扭,一溜烟儿回了家。据老锅盖儿说,被我镇压了一次后,喜儿一个多月没开张。

喜儿学会骂街后,还玩上了高科技。有时候,高不高兴的,就骑上摩托车骂。小派头儿就说,要想死得快,就买一脚踹,喜儿早晚会作业。小派头儿是喜儿堂叔,敢抡黑嘴岔子,还真被他说中了。有一次,喜儿大晚上骂街,碰见李同路那货在电线杆子低下玩牌,看上了瘾。喜儿喝了酒,指指戳戳的,同路输了,一砖头将他拍在我家门口的沟里,死鱼一般。我看没人管,就叫了人,把他抬到了赤脚医生同全家。同全摆摆手,又去了乡卫生所。小派头儿知道了,连咬后槽牙,小小啊,你说喜儿可怜还是可恶?

我向来知道,农村不只是鸡鸣烟炊、白发垂髫的,西游红楼、水浒三国的也不少。但听了半天武大郎潘金莲的,仍是一脸迷糊。小国儿扑哧扑哧嘬了几口大前门,你知道喜儿他孩子,叫生的吧?我点了点头。

小国儿瞅了瞅那厢满嘴唾沫星子的喜儿,刚娶了个儿媳妇儿,跟人跑了。

半吊子

爷们儿,回来了?吱——轮胎一阵儿惨叫。我正和几个三老四少拉呱儿,闻言慌忙抬头,一个七十岁的人,梳了黑背头,满脸槐花,俩腿儿支住电动自行车,眼神跨过别人,频频对我点头。我嗯啊了几声,他双脚一提,胳膊一撑,老鹰一般蹿了。

这便是李村前首富半吊子了。

某年某月的某一天,邓公刚在南边画了个圈儿,村里一些人,心里就猫三狗四驴五了。半吊子他娘一屁股坐在大门外,腿一蹬蹬的,半吊子啊,你个猪操的,把营生儿都卖了,还借东借西,走资本主义啊,捣鼓不好,就薅了你的草。半吊子脚一跺跺的,贩子当定了,上吊有绳子,喝药有卤水,自己瞅着办。半吊子他娘不上吊,也不喝药。大老黑说,等半吊子把大解放开回家,他娘踮着小脚转了二百多圈儿,摸摸车灯,这个猪操的;按按喇叭,这个猪操的。

他娘嘴碎了,半吊子就应了,居然当起了猪头小队长。他方向盘一转悠,把本地的猪集合了,拉给了南蛮子。来回几趟,半吊子浑身就是毛了。过了段时间，半吊子满脸通红，抱回来一个电视机。那时候，老少爷们只看过露天电影——插两根儿杆子，挂一块幕布，白毛女、李向阳的，统统地有，正面、反面也都能看，却从来没见过这样的匣子，一晃晃的，里面又是歌儿，又是人儿。第一天晚上，半吊子他娘看人多，就嚷嚷，别挤了，看反面，看反面。跑过去一看，鼓鼓的一块，啥也没有，这个猪操的，不是电影啊，麻子不叫麻子，坑人啊。

大解放一趟趟地跑，半吊子就不会走路了，脚八字着，腰拔拔着，看人云山雾罩的。大老黑烟袋锅子吧嗒吧嗒的，把庄里当敌占区了，这个猪操的。说完，咳咳的，眼里水啦吧唧的。眼杀不死人，半吊子跑得个更快了。

跑着跑着，拐回来个儿媳妇。

传说，半吊子在东望仙数猪，数着数着，就花了。一个识字班，花枝招展的，在村口跳绳。古时候，大闺女都叫识字班。半吊子见过世面，喇叭按得震天价响，鬼子进村一样，识字班和她爹妈就不行了。半吊子两个儿子，大的上高中，小的逮猪崽。半吊子一说，弟兄俩心里茅草一般了。爷三个吵吵了三天，红眼蛋子、绿眼圈子的，也不见下回分解。半吊子他娘说，一家子吃猪屎的，别屎壳郎趴大街上，愣充小钢炮，选嫔啊还是选妃？抓阄。抓完了，老大学不上了，吱溜进了洞房。老二叫康生的，脖子一伸，整了一斤沂南白干儿，在他哥家练了半晚上九阴白骨爪，石灰墙皮愣是掉了好几块。半吊子就说，刚泥的墙，这个猪操的。

人一阔，脸就变，某些部位也容易水涨船高，春意盎然。半吊子气粗了，驾驶室就装不下了。他买了个雅什么哈，人趴在上面，歪脖蛤蟆一般。人多的时候，嗷一声驻下，和谁没头没脑地抡几句，然后，双脚一蹬，车往前走，人往后仰，突突地飞了。这一飞不要紧，飞进了窑子铺。

关于半吊子进窑子铺，传来传去就成传奇了，几个版本中，但得到他默认的，只有一个。

那时候，路边的旅馆都是给长途司机休息的，不免有些麻雀、鹌鹑的，搬椅子在门口架起了二郎腿，一翘一翘的，白不溜秋的，像春天的故事。半吊子喝了酒，就去了猴子岭，还没入巷，就被大盖帽儿捏住了开关。大盖帽儿说，严打坑蒙拐骗偷，尤其是偷人，蹲几年吧。半吊子说，太坑人了吧，袜子都没脱，行行好。大盖帽儿说，念你是初犯，上有八十岁老娘，下有好几岁孩子，交一千，滚远远的。半吊子一听，就龇牙咧嘴了，给一千五，捣鼓完行不？大盖帽儿矮了半截，大哥啊，交三千，免五年，啥时候来，我只要不屎壳郎搬家，站岗放哨，端茶倒水，天天给你唱十五的月亮。

大老黑和半吊子一条街，眼尖，他瞅着半吊子的车换了。

几年间，半吊子进口的雅什么哈，换成了济南的铃什么木，换成了临沂的嘉什么陵。大老黑就说，大弟啊，怎么捣鼓的，张果老了，改骑驴了？半吊子脸蛋子拉拉着，也不搭腔。大老黑摩挲下烟袋包子，瞅明白了没？砸锅了。

大老黑真就瞅明白了。

半吊子觉得自己嘴里一股子猪下水，半吊子觉得自己的祖坟冒过大尾巴狼，半吊子觉得贩猪的企业家不是好农民。他咔咔摆了几桌子，又是鸿门，又是红粉，把信用社的钱，搬回自己家，送礼，包路，买车。半吊子他娘小脚儿颤了三颤，你这个猪操的，弄什么鬼啊。半吊子说，不弄鬼，弄人，跑客运。哪知道，油门儿还没点火，半吊子就熟透了，包他线路的人成了公安局的客。半吊子一个筋斗到了临沂，人家说，车没收了，承包费充公了。半吊子一蹦一丈二，人家眼一立楞，再来，抓你个行贿罪，吃公粮去。半吊子一下子就瘫了。

工作第一年回家，正喝酒，一辈子不打交道的半吊子上了门，掏出纸笔，小小啊，给市委书记写封信，弄个项目，上天的，入地的，刀山火海的都中，实在不行，石山子的水不错，可以炼油。我吓了一跳，俺不当官，不当长，放屁都不响，写信，还写状纸。半吊子金灿灿的，爷们儿，你是北京的，见过天安门，看过毛主席，都怕。我酒盅子一蹾，就怕人家当是骗子。

又一年回家，半吊子骑着电动车，呼呼地跑。碰到我，拉了几句呱，在我家小卖部里赊了一箱剑南春。过了大半年，我给爹打电话，半吊子还账了吗？爹直哼哼，他得当裤子，这个猪操的。

我说，不还不还吧，当我还他没写信的债。

聋汉

俺靠北京毛主席，俺靠香港大兄弟。聋汉坐在我家门口，身子探探着，盯着谁，尖声尖气地说。一会儿，她站起身来，扑打扑打褂子，踮着小脚儿，格格地走了。风一刮，花白头发悠呀悠的。

奶奶啧啧啧的，馋人。妈跟着说，真馋人。

去大叫驴家换馍馍、换烤排，我家门口是必经之路。聋汉在槐树下歇歇脚，拉会儿呱，再提溜着麦子去。她这一歇，看见的都说馋人，别人啥意思我不知道，但奶奶和妈的心事，却是不一样。

聋汉是女的。老家风俗，不论男女，聋瞎面前，人人平等，都称汉，这不是歧视。残疾人咋说还是少，谁嘴里一说聋汉、瞎汉的，都明白。聋汉个子高，麻秆儿似的，和奶奶一样，受过迫害，是缠小脚的。奶奶说馋人，是羡慕聋汉九十了，不拄拐杖，走起路来，比驴眼儿还快。我妈说馋人，就有点儿复杂了。

聋汉啥时候聋的，我不知道，倒是听说过一个半真半假的段子。说，聋汉去赌儿家串门，狗一直晃着脑袋叫。进了屋，聋汉说，赌儿他娘，您家的狗打盹了吧？赌儿他娘直吧嗒眼皮，聋汉就说，它见了我老是打哈欠。这个笑话书本子上有，我便怀疑是谁老婆舌。不过，聋汉挨斗时，倒是闹过真笑话。

聋汉挨斗，是因为老伴儿。

聋汉的老伴儿叫乃续，富二代，行三，他爹是当年村里最大的财主。老百姓翻了身，就拿地主撒气儿。聋汉两口子被拽到台上，一个戴红袖标的说，你两口子是恶霸地主。聋汉说，俺没扒地瓜——老家话儿，"瓜"念作"姑"。红袖标说，别装聋汉。聋汉就说，没装鞭啊，身上没布袋，也不敢放。斗着斗着，成了相声，红袖标就岔气了，滚吧。这下子，聋汉听明白了，一溜烟儿蹽了。等乃续回家，斗开了聋汉，咣咣几脚，你走了，就拔我一杆白旗，弄了半天喷气式，差点儿上了天。

斗了几回，聋汉开窍了，逢人就说，俺靠北京毛主席，要不是毛主席，俺还是黄世仁、南霸天、胡汉三的儿媳妇。她吃完饭就坐在支部门口，嘴里念念有词，挨着金銮殿，就长灵芝草；挨着屎栏子，就长狗尿苔。那时候，同前正发紫，便说，别是来潜伏的吧，碍手碍脚的，远远的。聋汉说，再等等，俺心里资本主义的草快薅光了，光了，就写申请书，是组织的鬼了。等同前老了，往外扒拉这些英雄往事时，很多年轻的都迷糊。

乃续弟兄五个。我一直纳闷，不知是老地主会捣鼓，还是地主羔子漏了网，除了老大务农，其余四个关系落在青海，个个不用工作，国家还给发钱，一个个掉了猪大肠里一般，红扑扑的，淌油。小时候，小孩儿们盼着过年，倒不是为了吃好的，而是以磕头拜年为名，挣个三分五分的，买块糖、买个本子的。几年下来，小孩儿都贼了，有钱便是娘，不管是不是自家长辈，谁家给钱去谁家。有一年，我还跟着别人屁股后边，给八竿子拨弄不着的聋汉两口子磕了头，挣了五分钱。那时候，五分钱就是巨款，捏手里，汗拉拉的，恐怕被大人抠去，买了柴米油盐酱醋茶。

聋汉的小叔子，一个叫四邪，一个叫七儿，都是光棍子。四邪和河河、热水、五猫子是村里四大名光棍，好赌博，爱炫富，谁一起哄，鞭炮就噼里啪啦没完，我没和他正面打过交道，按下不表。话分两头，单表七儿。考上大学时，我跟七儿借过学费。七儿瘸腿，挂个拐杖，中等身材，甚是和善。辞行时，七儿勉励了几句，又悄悄地说，别参加运动，这是秘笈，秘笈啊。

我听了，暗自惊奇。

早些年，乃续病危，一个中年汉子来我家买东西，妈戳了戳，聋汉她儿，这才知道，聋汉居然有崽子，不由得多瞅了几眼。据说，聋汉她儿在江西跑运输。这么多年不回家，扔下了爹妈，一心搞个人事业，也算是奇男子。聋汉两口子关系不好，乃续长长个脸，镶个银牙，明晃晃的，经常打聋汉，聋汉嗷嗷的，打完了，聋汉只是碰到谁说几句，死东西，这个死东西。老伴儿和孩子指望不上，聋汉就靠她香港大兄弟。

聋汉她兄弟是谁，我不知道，也可能是啥分子，某年月，瞅瞅风儿不好，一抖翅子，去了香港。聋汉她兄弟没忘了聋汉，给她办了个本儿，按月汇钱。每逢赶集，聋汉春风得意马蹄疾，呼呼地去信用社取钱。时间长了,大家瞅着聋汉都吧唧嘴。妈说,啥时候和聋汉似的,不干活,一亮红本本,就来钱儿。一说这话,小沈阳儿他娘、小派头儿眼神就散光了。

老伴儿死了,聋汉一人在家。侄子还是恶霸性子,看上了她的小院儿,就给占了。有一天,聋汉不小心摔断了腿,被儿子接走了。等再回来时,聋汉就在一个小盒子里了。那天,偶尔说起聋汉,电线杆子底下的人,再也没有羡慕聋汉的了。死了,死了,一死百了。有什么好羡慕的呢?

落花流水春去也。有些人的结局,甚至还得不到个盒子。

扁担他娘

一晚上的工夫,扁担他娘就得道成仙了。

日头收了,几个老娘儿们罢了饭,在金阳家胡同口儿摇蒲扇。彦神家的正在念叨牛郎织女,扑通一声,扁担他娘从马扎上掉了下来,直挺挺地摔在地上,腿蹬了几蹬,不动了。彦神家的咣咣咣放了仨屁,咋了,二婶子,蚊子咬的?小派头儿家的见过世面,蚊子,还琵琶精!癫痫吧可能,快掐鼻子下、掐鼻子下。还没等谁伸手,扁担他娘嗷喽一嗓子,爬了起来,转了六圈儿,一股股坐地上,东方甲乙木,木生火,同路家柴禾垛要烧了。转身又问,织女生几个孩子了?彦神家的腔儿都变了,红灯记还是空城计?二婶子,你唱的哪一出这是?扁担他娘摆摆手,才刚刚儿圣山老母叫我去,说同路家要失火,天机不可泄露,拉呱拉呱,织女生几个了?小派头儿家的高一辈儿,说话就大嘴叉子,神经病吧?扁担他娘月朦胧鸟朦胧的,嘿嘿了几下。

半夜,一场大火把同路家的柴禾烧了个精光。等晚上凉快,几个老娘儿们再看扁担他娘时,眼神儿就晃晃悠悠的了。老娘儿们头发长,舌头也长。三伏天儿还没过去,扁担他娘已经是观音菩萨的干姐妹儿了。每天一大早,扁担他爹就把门打开,扫得狗舌头舔过一般。小派头儿嚷嚷,一天挣不少吧?扁担他爹一翻大眼皮,抓大鬼儿,逮小妖儿,二叔你再瞎说,收了你。小派头儿就笑,收了吧,早就活够了。大嘴怪俩手抄了袖子里,第二的,别胡咧咧,扁担他爹喝过圣水,也是个半仙儿。小派头儿嘴一扁,半截鬼还差不多。

一天,我和妈去小派头儿家玩,小派头儿家的一席话,把妈唬得腿肚子转了筋。小小他妈啊,俺瞎了一只鸡,你猜猜谁偷的?妈直晃头,就问。小派头儿家的就说,俺找扁担他娘给掐掐,扁担他娘支了个鏊子,拿个匙子抹了油,在上边转悠,说,叫谁的名字停下了,就是谁偷的,俺还叫你的名字来。妈心里就乱七八糟了。小派头儿家的又说,叫四臭家的时候,啪就不动弹了,他娘个腿啊,烂小嘴啊,吃了能飞还是能蹦?我妈说,二奶奶,准了?小派头儿家的一拍大腿,俺跑他家门口闻了一晚上,一股儿鸡腰子味儿。

小沈阳儿他娘红眼蛋子,这活儿好,一念咒儿,就肥吃肥喝的,还有叫娘的。大鬼儿家的就撺掇,二奶奶,你也学学,回来求个雨啥的。小沈阳儿他娘哈哈地,俺念经憋不住笑,万一现了原形咋捣鼓?

说起有叫娘的,里面有段故事。一律的闺女身体赖赖歪歪的,扁担他娘手指头捏了半天,这个孩子不是人,九天仙人下凡尘。

一律家的瞅着自己闺女，一脸敬仰，难不成是济公？怪不得整天鞋儿破、帽儿破的，济公是大老爷们儿啊，投错了，变态了？扁担他娘扑棱扑棱头，你肉体凡胎，罩不住，弄不好，就得下去走一趟。一律家的就问，去哪，走亲戚？扁担他娘一斜楞眼，阎王是你二舅还是三大爷？一律家的脸绿了又黄了。撕扯了半天，小沈阳儿他娘做媒，一律的闺女管扁担他娘叫了娘。这下子，一律的闺女容光焕发了，据一律的兄弟半截鬼说，有一次，一律家的和闺女拌嘴，闺女急眼了，不老实，俺娘就叫你下去走一趟。一律家的听了，立即就阳光灿烂地挂了免战牌。

我问妈，扁担他娘神三鬼四地，你信不？妈不说信不信，妈举了个例子。一次，去老林给老爷上坟，回来，妈就倒了。去卫生所，同全摸了摸脉，找扁担他娘吧。扁担他娘拿眼皮一搭，小小他娘啊，你公公想家了，跟着回来了。妈心里就毛了，咋这么清闲，还回来了？扁担他娘说，不打紧，鬼神都馋嘴。妈依了，弄点儿好吃的供上，烧点儿纸，果然就好了。

妈一说，我想起了一件事。那年，在地里掰玉米，推了一车子送回家，大汗淋漓的，往阴凉里一躺，睡了两个小时，醒了就起不来了，一走腿就疼。在家躺了两天，正哼哼，妈把扁担他娘请来了，她瞅了瞅，双掌合十，念叨了几句，你下来走走试试，用手拍了我一下。我浑身一颤，下来走了一趟，躺下还是疼。扁担他娘说，小小是实病，别耽误了，去医院吧。去医院一查，坐骨神经出了差儿。

这几年，扁担他娘不神了，都说，让金阳破了真气。

金阳是彦春的儿子，和扁担家临墙。金阳小时候上天入地的，十几岁了，突然大门不出，二门不迈，见了生人就躲，大姑娘进了绣楼一般，只在窝里放屁。彦春一下子愁晕了，祖宗尖儿，出去瞅瞅吧，外面有蓝精灵、花姑娘，还有棒棒糖、小泥鳅。金阳扑哧扑哧抽烟，云里雾里的，就是不出去。扁担他娘闻讯去了，嘀咕了半天。晚上十二点，在院子里摆了一桌子菜，扁担他娘穿了制服，拿了一把桃木剑。金阳出来一看，拿起个苹果就咬，什么人儿啊，半夜五更请客。彦春踹了一脚，请你这个老祖宗。扁担他娘站定了，喷了几口酒，天灵灵，地灵灵，玉皇大帝快显灵，一请西天如来佛，二请唐僧孙悟空……金阳扑哧笑了，咋不请猪八戒，背媳妇、撞天婚都行，要不就请白龙马，蹄儿朝西。金阳两个妹妹就笑趴下了。

眼瞅着三十岁了，金阳还是黄花大小伙儿。他妹妹说，俺哥是要当宅男，还是要成精？彦春听了，头发一把把地往下薅。这个时候，扁担他娘已经把北京、南京都念了三千遍了，两手一摊，缴了械。那天，金阳偷喝了一瓶酒，拿着块砖头，在扁担他娘家门口一蹦蹦的，这些年岁，拿了俺家多少营生儿，不是神仙，是骗子。扁担他娘脸青了，你这个千年的王八万年的鳖，念了十几年的经，也不蜕个皮，现个真身，营生儿都让神仙吃了，俺涮锅水都没捞着。金阳嗷嗷的，放你个紫花屁，一砖头拍死你，看看能还阳不？扁担他娘吓得把门一卡，任金阳骂了一晚上。

这一骂,扁担他娘就墙内放屁墙外臭,事业一下子没了。

某天,我和扁担几个喝酒——扁担行三,小国儿鼻子喝歪歪了,眼直勾勾的,三哥,说说,同路家的柴禾垛是你点的吧?

扁担嘎嘎笑了,一仰脖,竖了一大盅子,不是俺,反正不是俺。

大长脸

彦神不是神,是人。他可不会腾云驾雾,只会抱着铁锨,在地里扒拉羊屎蛋子。别看他三脚底板子踢不出二两屁来,可也是个名人。

老百姓要想出名,光偷鸡不行,得偷人。彦神长着一张刀条脸,一耷拉,能碰到小肚子,这副尊容,能找个娘儿们过日子就不错了,哪里敢偷人。那日,两口子下地干活,娘儿们嚷嚷,半天了不出门,洗巴啥?浪费水!就你这脸,仨洗脸盆子放不开。同仕家的一个胡同,在门口晃悠大蒲扇,扑哧一下子,听说法,彦神对象时,娘儿们不同意,这人儿,咋浑身都是脸?她娘就劝,怕啥,脸上有鼻子有眼就中。

彦神出名不光因为脸,主要是因为两张对子。

年三十,家家户户扫屋子,贴对子,热热闹闹喝几盅子——俺那里,管对联叫对子。彦神不识字儿,但不耽误过年,照样胡吃海喝,一筷子菜,一口酒。除夕一早起来,拿面粉打了糨糊,到处贴。初一早晨,小派头儿在彦神家门口探头探脑的。彦神就说，家来坐坐，二老爷，嗑嗑瓜子儿。小派头儿叼个烟卷儿，晃晃悠悠地瞅了半天，您家里不就四口子吗，啥时候添丁了，偷着养活了俩？彦神就嘿嘿，没啊没啊，结扎了。小派头儿一戳戳的，猪栏里贴"身体健康"，床头上贴"六畜兴旺"，要成精啊，这是。

彦神听了，脸一耷拉，把天井戳了个坑儿。

小派头儿一嚷嚷，家家都起了疑心，一些半吊子慌忙找人看自己家对子。初一没过，大鬼儿家的就教育孩子，不好好学习，以后也六畜兴旺。大鬼儿嘴一撇，六畜兴旺是好事儿，企业家，大老板。

彦神不是仙，水娜却是妖。水娜一妖，彦神的名声就更昭著了。

彦神俩孩子，闺女叫水娜，儿子叫大力。大力脸比他爹短一指甲盖儿，水娜就怪了，脸圆圆的，红扑扑的，除了门牙比较突出，啃西瓜便利些，长得不赖。这一不赖，就坑爹了。

庄户人家，男女之间的事儿，没人教，顺其自然，搞不好就歪歪了。水娜十几岁时，和贝壳儿过家家，贝壳儿大几岁，早就硬邦邦的了。一次，过着过着，我瞅着水娜脸通红。水娜走了，小三儿说，刚刚贝壳儿在牛栏里，往水娜裤裆里撒了一泡尿。水娜一沾尿腥味儿，就进入青春期了，再看小伙子时，眼角飞啊飞的。这一飞不要紧，黑板上的字儿干驴屎蛋子一般无二了。彦神说，别屎壳郎垫桌子腿儿，硬撑了，挣钱去吧。水娜一溜烟儿下了济宁，去捏陶瓷。

还没一个月，水娜就不见了。

彦神闻讯，一屁股坐在锅屋里，直蹬蹬腿，上树了还是钻沟了，又不是金箍棒，晃悠一下咋就没了。那时候，小国儿在济宁玩弄陶瓷盘子，一看人没进来，脸先进来好几米，就知道是彦神来了。据小国儿说，水娜一下车间，心里就咣当裂了几条缝。一个博山的小伙子，拿两串糖葫芦往水娜怀里一送，水娜就进了人家的怀。几天的工夫，就生米熟饭的了。小伙子说，到博山吧。水娜说，下黄河都中。彦神带着三老四少，直扑博山。到了小伙子家里，彦神家的鼻涕流到了脚后跟，水娜啊，这家子除了你俩，连个喘气的没有，喝露水珠，吃石子儿，要练琵琶精还是练白骨精？彦神也不说话，提溜着水娜的领子，一把甩回了姥娘家。

裤腰带一松，人就臭了。老少爷们见了水娜，都捂鼻子。彦神闻着自己，也一股鸡屎味儿，在床上烙了半个月烧饼，去临乡当了泥瓦工。水娜二十了，还没提亲的。彦神家的就闹心，还你娘的泥瓦工，把那破脸截去一半儿，也够吃半年的。彦神直拽头发，一把把的，薅狗尾巴草一样。彦神家的就三奶奶、二婶子的，到处取经，跑到谁面前，都直噘牙花子。同棋家的双手合十，鸟不拉屎，燕不下蛋，要海枯石烂啊。彦神家的慌忙摸索裤袋，同棋家的拿眼瞪摸了下大团结，往西南一指，便不再言语了。彦神家的琢磨了一星期，眼蛋子都绿了，才寻思明白。急急托了人，在猴子岭给水娜安了家。猴子岭的不知道水娜的臭底子，小汽车呜呜地接了，吹吹打打，欢天喜地地入了洞房。

闺女这么一折腾，彦神天天脸耷拉到地上，把自己当成了走资派。

彦神他爹叫同能。

同能能干,咬着个烟袋锅子,拿家里的当烟丝嚼了。嚼来嚼去,家里的咣咣下了七个崽儿,五男两女,彦神行大。儿女们都飞了,同能的身板儿就和烟头一样,闪闪烁烁的。孩子们齐步走,稍息,行动很一致,不孝顺。找彦神,彦神的脸拧了三道弯,找老二、老三、老四、老五,异口同声,老大咋不管?彦神听了,直哼哼,谁学我,谁家闺女儿媳妇的,都跟着沙和尚去取经。弟兄几个都一起把脸拉拉着,和门板一样样的。于是同能就学胡同口的榆钱子,飘来飘去,没了魂儿。

别看彦神是漏底儿的酒葫芦,满嘴里挤不出几个响屁,彦神家的却是极讲究,没开口先笑,每每见了人,立即跳下车,该叫啥叫啥。有时,热乎得连我这个晚辈也不好意思。水娜和大力也是,见了我,远远的就大哥大哥的。

一天,我看水娜抱了个孩子回娘家,腰身粗了,再也拧不出麻花来了。小沈阳儿他娘说说同能,说说彦神,又说说水娜,嘴一歪歪,该,该,又晃了晃头,可惜,可惜啊。

我琢磨了半天,兀自没明白这话儿是什么意思。

李老师

妈说,彦喜也在电线杆子底下等着了。我吓了一跳,扭头瞅了瞅,彦喜正蜷在墙根儿打盹儿。妈又说,谁在这里蹲鼓着,算是挂上号了,阎王不叫自己去。我就说,差不多,差不多,一年死上一两个,接班的,前后脚就来了。

晒日头的大概不晓得这里的玄机,我却明白。电线杆子下,是个偏十字路口,北向时,在大鬼儿家门口拐了个小弯儿。那年,张家沟剃头的盯着大鬼家,摇头摆尾的,嘴里直哼哼,这路口,冲,冲啊。大鬼儿听小沈阳儿他娘学了,咣咣咣放了仨屁,慌忙在墙上抠了个窟窿,拿青砖雕了个泰山石敢当,塞了进去。塞了十几年,老婆光在窝里扭腰不下蛋,便借了种,捎带脚搬到了荒郊野外。大鬼儿家一走,门口就成了据点,几个老头老妈妈天天拿个凳子,东家长、西家短的,即便小雨小雪的,我在二楼,兀自听得电线杆子底下乱纷纷。人这胆子,大起来能吃三四顿。这个地方,判官一年拿生死簿划拉好几道儿,不管咋捣鼓,总有几个不怕死的,趿拉着鞋,硬往阎王爷嘴里补充维生素,也不怕人家拿去塞了牙缝儿。

彦喜便是候补维生素。

彦喜已经不是原来的彦喜了。

再早几年，彦喜可是屎壳郎戴眼镜，香臭算个知识分子。据三毛儿说，他当过几年教书匠。有一次，灌了半瓶子老猫尿，找不着北了，就让小学生猜闷儿，一棵树上，结俩梨，小孩儿见了乱撒急，猜猜，什么营生儿？家家户户都有，大人小孩都吃过。小学生乱七八糟地答了，彦喜就撇嘴，一群木头啊，还想中状元！奶子，奶子知道不？彦喜通红的眼，直勾勾的。他家二小子叫大强的，就在班里，下了课，踩了风火轮往家里跑，叫他娘猜。彦喜刚到家，被老婆一笤帚疙瘩闷在了天井里，又补了几脚，妈个母鸡腿，今天让你知道知道几个梨。老䴗临墙，又是大嫂子，听老二家唱黄梅戏，急忙窜了过来，一听，就岔气了，逢人就说，没寻思彦喜一脸浪疙瘩子。大强说，他爹醒了酒，在作业本上画了一天叉号。家长排着队去告状，彦喜在家放了半年多屠刀，才回头是岸了，鬼鬼祟祟地去了教室。

不怪老䴗嘴碎。彦喜能断几个字，便一脸三国演义，看谁都眯缝着，好像人人都是春秋。老䴗嗓门大，动不动在家里大闹天宫，彦喜便吭吭的。某日，我和老䴗的二小子喝酒，他说起了一件老案子。彦喜在门口拍蚊子，拉呱儿，拉着拉着，就说，小强啊，说个闷儿，你猜猜是啥牲畜：个不大，穿小袄，这营生儿脾气不大好；一说话，就蹦高，大吵大闹像驴叫。小强把家里的鸡鸭鹅全说了，彦喜脑袋都摇掉了，猜不着，家走叫你娘试巴试巴。老鮈听了，一蹦三丈六尺五，两个梨是屎壳郎打喷嚏，怎么张开那张臭嘴来着？出门就被车撞死！哎！撞死！

彦喜和屋里的没死，老鮈和彦达倒是死在了头里。死前几年，妯娌俩捉对儿厮杀，在萨拉热窝几渡了赤水。

早年间，彦达和彦喜在床上抓革命、促生产，大干快上，多快好省地建设社会主义。胡同东的同芳诨名叫油子，是大队的小钻风，平时拖着一条几等残疾腿，吧嗒着烟袋锅子，满嘴西游记、女儿国的，瞅瞅，瞅瞅，弟兄俩不干别的了，一到晚上，就三打白骨精，床也响，人也叫的，净忙乎资本主义的苗了。彦达就嘿嘿，彦喜也嘿嘿。几年下来，彦达不嘿嘿了，光咳咳的。油子吧嗒了几下，彦达白搭啊，量上去了，质没了。油子扒拉着黑不溜秋的手指头，彦达俩儿子、五个闺女，彦喜四个儿子。儿子是第一生产力，闺女，赔钱的货。于是，彦喜火山王杨衮一般，走起道儿来，腚一拧拧的，拧得老鮈更鮈了。

彦喜不光腚拧拧着，舌头也拧拧着。彦达给大儿子取名儿小升，彦喜就取个升级。彦达取个小强，彦喜就取个大强。彦达没的取了，彦喜兀自升格、升官地没完没了。彦达铁锨、锄头摔得咣当咣当的，仇恨就在孩子心里雨后春笋了。那一年，不知因为啥，妯娌俩隔着墙一蹦蹦的。到了晚上,彦喜几个儿子一个二踢脚，翻过墙，就把彦达的家抄了，抄了就抄了，升格还把彦达四闺女小瓢的头给开了瓢。小升早就结婚分家了，第二天知道了，堵着二叔家的门口不算完了。彦喜脑袋瓜子好使，叫几个孩子在屋里押后阵，自己出去单挑，小升啊，本事了，我给你接过尿，接过尿，你老婆几根肠子都明白的，不报答就罢了，还堵门口，你姓白还姓黄？洪智家的旁边听了，忙问，咋了，还有歪门邪道？不姓李吗？彦喜也不理，拍着大腿，小升啊，你不是白眼狼，也不是黄鼠狼，你属牛啊，小母牛拿倒立，牛比冲天，欺负你二叔。不一会儿，小升脸红脖子粗，夹着尾巴逃跑了。

彦喜嘴儿好，也确实会个长拳短打的，折腾了几年，大儿子考了大学，三儿子下了保定，四儿子考了大专，就二儿子不爱上学，下了庄户。李村庄不小，却装不下彦喜了，走路腔不拧了，改横七竖八了。彦喜觉得自己很孤独，彦喜觉得自己很硬棒，彦喜觉得自己没几个知心人儿，就和教学的彦林好上了，恨不能穿一条花裤衩儿。两个人不知中了啥邪，琢磨着凑钱修家谱儿。摊到哨儿家，哨儿梗梗个脖子，就是不交。彦喜说，你能，不交就没名字，黑人。哨儿就嚷嚷，爱黑不黑，非洲更好，有象牙钻石和橡胶。吵吵了半天，彦喜吐了几口唾沫，依依不舍地走了。哨儿他娘听说了，连夜给彦喜送了两把子鸡蛋，得记上，得记上，他二叔，又不是偷的抢的，咋能没名儿。彦喜把哨儿当南霸天宣传了，钱就好收了。这一收，就收出野心来。2001年，我老爷去世了。白事儿办完，凑在一起喝酒。叮当碰了几轮，彦喜就晕了，人无头不飞，鸟无头不走，哦，倒了，咱得有个一家之主，好办事啊，选选？彦林慌忙说，是啊，是啊，还选啥？二哥有文化，得挑担子，受受累。一水儿一听就不干了，小泥鳅儿也造了反。小泥鳅儿说，咋了，还想当族长？美国缺个皇帝，干不干？他爹彦进也喝得不少，怪不得搞家谱，准备立太子？一张纸画个鼻子，好大的脸。你先把太子找来吧，还不知道姓啥呢。彦进不管哪壶开不开，乱提一气，彦喜听了，背立即就驼了。

升级毕业后，去了莱州，说是挖黄金的。第一年回家，去同前门市部买东西，称了二斤大白兔，掏出一大沓子伟人头，举在空中，鞭子一般，甩得啪啪的。过了几年，和一个当地人结了婚，再不回家了。偶尔回一次，挎着老婆，李莲英似的。老少爷们瞅了，都吧唧大嘴片子。又过了几年，三儿子下了保定，也肉包子打了狗。不知谁说的，嫁给了一个三条腿的娘儿们。

事后，彦喜又放了几次炮仗，见没人理这个茬儿，就说，人心散了，散了，这要老时候，老时候……这些年，彦喜年龄大了，太子、郡王的又东奔西走，心气儿就泄了。

2017年大年初一，我磕完头回家，看彦喜在电线杆子底下耷拉着头，就打了招呼，二大爷，外面冷，还不在家喝几盅，暖和暖和。彦喜哼哼了几声，你大哥、二哥、三哥去了丈母娘家，你第四的在镇里教学。小小啊，八十多了，咋不回来看看我，不想家啊？！我说，忙啊，都忙吧？！彦喜又说，你咋不忙，年年回来看你爹？

我聊了几句，急忙走了。你孩子不回来，咋问我？这句话搁在心里，急切间，没好意思说出来。

老爷

出租车下了公路，离村口儿二里地，四叔骑着车迎面来了，我脑袋瓜子嗡嗡了几声，探出身子，戴的啥孝，给谁这是？四叔瞅了瞅我，眼圈儿红了，你老爷。下了车，我直扑奶奶家。奶奶坐在床沿上，雪白的头发剪得齐刷刷的，见了我，眼泪淌下来了。我拉着她的手，一时不知说什么，心里反复闹腾一句话，老爷，我欠你一瓶茅台酒。

这一天，是2001年4月30日，距离老爷去世整整十二天。我找爹算账，爹说，怕耽误工作，就瞒了。我一时语塞。年初，家里就说老爷身体不妙，我不高兴，才八十三岁，谁瞎说，和他没完。爹说，七十三、八十四，阎王不叫，自己去，够呛啊。放假前，我琢磨着，老爷好酒，都毕业一年了，咋也得买瓶茅台给他尝尝。阴差阳错，上了火车，才发现忘得一干二净。也许是命里该着，这一忘，就欠了一辈子。

现在想来，何止欠了一瓶，是欠了多少顿啊。

老爷好酒，但不酗，也没见醉过，奶奶说，他拿酒当解闷的了。我喝酒，喜欢撸起袖子加油干，破马张飞的，嘴里直嚷嚷谁不喝谁是孙子。老爷不，老爷喜欢自己悄没声儿地坐在小桌子前，摆上一个酒盅子，烫上一瓷壶，嗞儿嗞儿地慢慢咪溜着。只要有酒就行，老爷不挑肴，半块咸鸭蛋，几个腌螃蟹，半碟子果子仁儿，甚至一碗底儿豆豉，都能喝将起来。果子仁儿也就是花生米儿，在我们这里，大约是最好的下酒菜了，量多，禁吃，味足，又好淘换。老爷一口酒，一个果子仁儿，笑眯眯的，杯中真格儿就日月有短长了。特别在夏天，老爷手里拿个苍蝇拍儿，拍几下，喝一口，酒没了，苍蝇也拍个差不多了。老爷瞅见我，总说，哈（喝）酒吧，小小，给倒上一盅子？我不懂事儿，就答，不哈，不哈。老爷便不勉强，淡淡一笑，接着拍他的苍蝇。

以后，想起这个场景，就有些黯然，现在想喝了，人没了。

我们这一辈儿，管爷爷叫老爷，管爹叫爷，前边是二声，后边是一声。

老爷官名儿上李下同玉。我高祖父李连升五个儿子，曾祖父李忠和行五，生了四个儿子、仨闺女，老爷在家行大，能干，又直道，就过继给大伯李福和，续了这一脉的香火。曾祖父的四儿子，我们都叫他四狼。妈说，其实，他人挺好，就是被老婆撺掇的，一股子邪劲儿，张牙舞爪的。老人话讲，一个家安稳不安稳，就看女人的脸色，这话不虚啊。有几年，四狼甚是闹腾了一番。老爷虽是老大，但出了嗣了，算外人了，只能咳咳的。

老爷是李村联中的校工，天不明，就上班，除了烧水，还打铃。

办公室门口吊了个铜钟，舌头上系条绳子，上下课时，拽着绳子晃啊晃的，钟声清脆而悠扬，能传出去几里地。我们这不叫学校，叫学屋。妈说，我小时候老跟着老爷去学屋。记事儿起，看见老爷当当一敲，成百个孩子哄地跑将出来，跑将进去，就觉得他神气得不行。

老爷很瘦，微驼，一开夏，早晚精赤着上身下地干活，排骨一样。不过，这个人虽然瘦，脾气可肥了。爹说，他年轻时想出去闯荡闯荡，一次次被老爷打回来了。老百姓就知道种地，家里人口多，都张着嘴吃食儿，哪还允许自己的孩子想三想四。老爷七个儿子，夭折了老二和老四。老二发高烧，奶奶给他熬了姜水，捂汗。老二不干，就蹬被子，老爷就拿被子压在他身上，使劲捂住，等哭声没了，人也没了。老四半夜得了急病，天下大雨，老爷想找堂弟同年抬了去王家庄子找郎中，同年推托。天晴了，病也耽误了。老爷虽然和同年一直客客气气，但我怀疑他一直记着这事儿。听三叔说，老爷临终前，终于可以耍性子了，在床上看见同年来了，就扭过头去，一句话也不说。

老爷和奶奶性格不一样。老爷性子急，爱收拾，老家话形容勤快利索叫板正儿；奶奶性子缓，疏小节。我在奶奶家玩儿，只要老爷回来了，准嚷嚷，水也没人挑，啊？鸡屎到处都是也没人拾，啊？奶奶只笑，但不搭腔。老爷就拿起钩担去挑水，水缸灌满了，便扫院子。现在想来，也怪不得奶奶，她是小脚，膝下子孙窝秧窝秧的，饭都做不过来，哪有闲心拾掇天井？老爷急归急，但对孙辈却和蔼得不行，现在想来，我脑海中，一直是他的笑模样儿。老爷板正儿，但不呆板，只要他下地干活，准能捣腾些黄鳝、泥鳅的。有一年在燕不下蛋割麦子，他还给我捉了一窝鹌鹑。遗传这东西很有意思，爹和四叔脾气都急，但爹板正儿，耕地恨不得吊线，万千亩地里，只要走一遍，就知道哪块是爹的，但这个人一本正经，不捉鸟摸鱼，也不玩笑逗乐，一般人看了他，紧张得要死。四叔完全不一样，干活丢三落四的，但要讲究下个诱饵，安个网子，是一流的好手。一个树林子，只要他过一下，家雀儿毛都剩不几根儿。说老爷脾气急，也是相对的，他对外人一直很随和，说话就笑，从不惹事。特别是伺候牲口慢得不行，也有一套。开始单干那阵儿，队里分公产，老爷抓阄抓了一头老水牛，喂得溜光水滑。五叔结婚时没钱，就把它卖了。据说，水牛依依不舍，老爷回来也叹了几天气。虽然2001年春节我还见过老爷，但老爷留给我的最后一个镜头，是在2000年十一假期。那时日，老爷在家没事儿干，就替我家放牛。六号下午，他把牛交给我，驼着背，慢慢地走了。

印象中，这是永别。

老爷退休后，一直住在学屋，帮着看大门。这里是老爷的世外桃源，也是孩子的世外桃源。一到晚上，孩子们就聚集在这里，看星星，听虫叫，风吹着杨树，叶子哗啦哗啦的。2000年年初，学校改造，老爷和奶奶搬出了住了将近二十年的学屋，回到了村中央的老宅子，出入不方便，视野也不行。三叔说，老爷要是在学屋住着，得多活好几年。老爷看门时，就一个字儿，认真。逢年过节，我都将老爷和奶奶拿车推到家里，喝几杯。这么一个好酒的人，匆匆喝几杯，就闹腾着要走。爹说，丢不了，大过年的，谁偷啊？不吉利，老爷一拧头，嗯，没人偷，大样儿就爬过墙，现在的贼，都讲究查黄历。那几年，有几个东西，天天晚上爬学屋的墙，钟啊表的，被摸了不少。有一次，我捉迷藏，大样儿正爬墙，看见我，就说，有人进去了，我瞅瞅是谁。他这么一说，当时我真就信了。

老爷没了，我第一次看见奶奶时没有哭。那段时间，我经常半夜醒了，摸一摸，眼角湿乎乎的。奶奶后来说，老爷最喜欢喝我带的二锅头。每年五一、十一、过年，我总是带三桶，老爷一桶，大庄的姥爷一桶，爷一桶。老爷就说，这酒，怎么这么好。他一辈子没喝过好酒，晚年了，喝得手都麻木了，拿不了筷子，只能用匙子。去世前一天，奶奶瞅瞅二锅头还剩半桶，就晃了晃。老爷看见了，大怒，自床上探起头来，当我不喝了，啊？老实儿地搁那里。

我听了，心里刀捅了一般，连忙将这半桶酒，埋到了他的坟头。

奶奶

奶奶躺在床上。三叔说，娘啊，会好的，没事儿。奶奶闭着眼，泪水流出来了，俺还没活够。到了下午，三叔的孩子从泰安赶回来了，奶奶，奶奶，我是云云，睁睁眼啊。奶奶睁开眼，看了看孙女，眼泪又流出来了。

按三叔的说法，这是奶奶看的最后一眼，流的最后一次泪。

第二天，我赶回家里，奶奶已经躺在棺椁里了。我扑过去看了看，除了俩眼闭着，还是老样子。两个半月前，也就是十一假期结束回京前，奶奶还在扒拉手指头，小小啊，你还有九十天就回家了。离计算的日子还差半个月，奶奶这盏灯就没油了。她的手一动不动，我握了握，冰凉冰凉的。

奶奶姓张，大名守英。年轻时，日本鬼子已经进了中原。她哥是黄山沟一带地下党的负责人，她早在1938年就入了党。要知道在那个时候，这活儿可是脑袋拴在裤腰带上，搞不好吃饭的家伙就弄丢了。鬼子一进村，奶奶就跑。别看裹了脚，哪吒似的，一脚迈几垄地瓜沟。我问，你不怕吗？奶奶说，咋不怕？鬼子和国民党最恨共产党，逮着，就绑了树上点天灯，俺庄子烧了好几个，骨头渣子都没剩下。我说，那你还敢入？！奶奶就笑，觉得这事儿光荣啊。奶奶最初在妇救会工作，烙煎饼、纳鞋底儿，唱啊跳的，一副好嗓口。我们家庭聚会时，奶奶总是唱些民间小调，可惜，这些民间艺术已经绝了。我一直忘了问了，老爷娶奶奶时，知不知道她是个地下党。不过，奶奶有丰富的斗争经验，街坊邻里有目共睹，国民党到处搜刮粮食，就数奶奶藏得结实，一头骡子拴在夹道里，任凭怎么敲打、咋呼，那骡子就是不吭声。

打我记事儿起，奶奶家就乌泱乌泱的，都是人。奶奶好看，能唱歌，手还巧，人随和，大姑娘、小媳妇的，都喜欢得不行。正月十五，俺那的风俗，闹花灯，没有花灯，就点油灯。灯分两种，一种在家里点，一种在祖坟上点。在家里点的，都是粗面比如地瓜面或玉米面捏的，灯芯儿是黄草棒儿缠了棉花，油是豆油。堂屋、东西偏房、锅屋、猪圈和大门口左右各一盏，放一至十二月灯，灯口捏一个耳朵代表一个月份。石磨上放三眼天地灯，点着了时，烤烤鼻子、耳朵、眼的，不聋也不花。说来也怪，我家的人，一年烤一次，没听说谁眼耳的出毛病。堂屋梁上放一公一母两盏龙灯。龙是面棍儿盘的，剪刀绞了鳞片，红纸片儿塞嘴里当舌头，煞是像回事儿。另外，兔子窝里放兔子灯，水缸里鸭子灯，柴火垛里放刺猬灯。附近这一带，就奶奶会捏狮子灯，大门口，左右各一尊，威风得不行。有一年，同灯馋得不治了，找奶奶捏了一对儿,正端着往家里走,碰见自家兄弟同棋,啥东西啊,大哥?同灯就说,狮子把门。同棋脸就紫了,咣咣给了他哥两脚,叫你捏俺,叫你捏俺。同棋个子大,他哥被降住了,自那以后,再也没捏过。一次,奶奶碰见同灯,大兄弟,咋不捏了?同灯手指头往家里一戳戳的。说起这件事儿,奶奶就笑,说,同棋小名儿叫狮子。

记忆中,奶奶一直是白头发,牙早就掉光了,喜欢笑,天天弥勒佛一样。奶奶把五个孩子拉扯大,又带了六个孙子、七个孙女。农忙时节,儿媳妇们把孩子一扔,都下了地。村里那么多老妈妈,就她能背着俩孩子到处跑。三叔在外当兵,云云和妈妈在家里住,奶奶给她缝了个布娃娃,到处抱着,馋得我流口水。这可能是李村历史上最漂亮的玩具,更别说布娃娃了。奶奶家吃饭的人多,天天要推磨。记得很多次,奶奶偷偷塞给我几毛钱,让我带着几个孩子推,推完了,我就去了门市部。打这以后,我就知道奶奶当家,老爷也做不了主儿,他虽是板正儿,但大大咧咧的,爱丢东西,兜里揣几块钱,揣着揣着就不见了。奶奶就说,你老爷手指头缝儿漏风,存不住东西。老爷和奶奶般配,一个管地里,一个管家里,但外交是奶奶的事儿。老爷面皮儿薄,出不了家门,都是奶奶在外面跑。二妹还跟我说了一件事儿,她上学时,年龄小,学校不要,拽着奶奶去了学校,老师就把她收留了。

奶奶活了九十七岁。妈说,你奶奶长寿是因为心好,也不生气——记忆中,我就没见过奶奶生过一次气。五个儿子,五个儿媳妇，长短不一样，都处理得很好，直到五叔和五婶看上了她的房子。五叔小时候没奶，赖得不行，能活下来就不错了，奶奶除了疼他之外，都一碗水端平。哪个儿媳妇找她发牢骚，她都笑，不会顺着杆子爬。我说，几婶子咋那样儿啊？奶奶就笑，俺看着怪好，都不孬，都不孬啊。我说，拉倒吧。奶奶就说，一家人，麻雀的腰子，多大个事儿啊。妈又说，你奶奶这辈子只生过一次气，因为你五婶子。奶奶的老年房，位置好，地皮原来是五叔的，却是三叔打官司从村里取回来的，弟兄几个一商量，给她盖了三间房，住了。五叔收蔬菜，看上了，想把老娘赶走。还没商量几次，不知道咋了，五婶子就上门骂骂咧咧的，像是和谁唱双簧。没办法，奶奶就搬了家。2013年春节，奶奶在我家吃饭，谁也不知道，这是她的最后一个春节。吃着吃着，奶奶忽然说，就缺七儿家的。我们听了，不敢搭腔，就说，吃菜，吃菜。五婶子拿到了房子，就不上门了。

老爷六十岁时，把自己的地分给了爹、二叔和四叔，那时，三叔在山西当兵，五叔还没结婚。老爷去世后，奶奶搬到了村后，除了三叔在外地，四个儿子轮流陪着住。奶奶家一直是孩子们的据点，大家吃完饭，就跑她家里闹腾。隔三岔五，弄几个菜，东倒西歪一番。晚上要是没在她家喝酒的，就催，咋还不哈，还不哈？看看没动静，便嚷嚷，俺请客，快弄几个烧鸡来。我就说，哪有你这样的奶奶，盼着你孙子喝醉了？奶奶就嘿嘿，热闹，这多热闹啊。奶奶怕夏种秋收，这个时候都在地里忙乎，晚上十点还不见人。奶奶就拄着拐杖来回遛,人呢,上哪这是,这么忙啊。前些年,三叔给奶奶配了个手机,九十多的人了,一手拐杖,一手手机。我说,双枪老太婆啊,老张?奶奶就嘿嘿。爹他们哥几个有阵子直抱怨,第三的,娘有了手机,都遭殃了,不到六点就挨个打,轮谁了,还不来睡觉?!三叔就劝,娘啊,都忙,你别老打,忙完了不就来了吗?奶奶答应着,还是拨。三叔说,老小孩,老小孩,年龄大了,咱娘一个人躁得慌。

2014年十一我照例回了家,奶奶在床上已经躺了一年了。爹说,这都怨她自己。奶奶怕闷,在家待不住,老拄着拐杖往外跑。那天,风大,奶奶感冒了,这一下子就把她撂倒了。我到家去看她,奶奶精神很好,小小啊,给俺借上一百块钱,给重孙子,叫你爹还你。奶奶的钱在爹那里保管着。安排完这件事,又说,你六天就走了。这是奶奶的老习惯。我一年回家三趟,十一、过年和她的生日。她最盼着三叔和我回家,三叔回家能伺候她,给她洗头、洗脚;我回家,能张罗酒场,一屋子人,嗡嗡的。我一进门,她就说,小小啊,还几天就走了;一道别,她就说,小小啊,还有几天就回来了,日子精确到个位。其实,我十几岁起,她就不叫小名儿了,要不叫大名,要不就称呼您大哥——我是家里的长孙。一天晚上,我和二弟、三弟在奶奶家玩儿,奶奶说,您五叔咋还不来,还不来,小小啊,给他打个电话。奶奶病了后,手机就不给她用了。我劝了一会儿,还是坚持让我打。我掏出电话,假装打了一个。奶奶就笑,别坑我,没打吧,拿来俺打。我说,打了啊。

奶奶说，哄谁啊，要不免提俺听听？我和老二、老三就哈哈笑了。

我翻通讯录，经常能看见奶奶的号码，那天，鬼使神差地拨了一下，手机里提示说，您拨打的号码不存在。我心里揪了几下，一阵阵儿的不舒服。

那个嚷嚷着请客的老妈妈，再也不会接电话了。

一口闷

一口闷把盅子往桌子上猛地一蹾,酒偷偷溅出来不少,哈了,都哈了。大叫驴瞅了瞅盅子,碉堡似的,这么大,咋哈?慢点儿吧,三老爷。一口闷也不看他,大手一划拉,咋哈?李村的书记——一口闷。几个人一仰头,脖子拔得孔雀开屏一般,吱吱地竖了。一口闷一抹大嘴叉子,错了,错了,前书记,都退居五线了。

一口闷大名叫李一中,喝起酒来,喜欢干了干了,不管杯子还是碗,一口就造了,酒友们给取了个一口闷。

大叫驴捅了捅我,这个屄操的,搞副业了。我夹了口肘子,猪还是鸭,今年行市好,肥了。大叫驴扑哧一下子,养人,培育家的,叫他包产到户了。我哦哦了两声,七老八十了,还改革开放,怪好,怪好,瘸驴拉上破磨了。大叫驴又说,培育家的现在狂得不行,走路都宝塔镇河妖了。

老百姓常说,小脑袋满了,大脑袋就空了,又说,人和牛羊差不多,下半身指挥上半身。大叫驴这话儿,让我想起一件事来。培育家的一直闷闷儿着,那天,忽然骂上了街,弹簧一般,蹦啊跳的。培育年轻时，在支部里打更，晚上掐个桌子腿儿，神出鬼没。娶了这个娘儿们，培育咬牙切齿，白天砸巴一顿，晚上拖过来当床垫儿。娘儿们越来越瘦，孩子越来越多，四年生了两对儿，直到计划生育的来绑了票，培育才马蜂蛰驴屌，勉强收了家伙。培育好哈口儿，动不动就脸红脖子粗，眼直勾勾的，煞是瘆人。有人就说，这娘儿们嫁给培育，算是进了威虎山、乌龙山，碰到座山雕、钻山豹了。那年那天，培育又灌了不少，半夜去屎茅栏子，俩手攥着裤腰带，一起身，脑溢血，一头扎进了尿罐子里。等娘儿们也上厕所，妈呀一声跑出来又窜进去，培育已就义多时了。娘儿们干号了几嗓子，就笑眯眯的。驴眼儿在支部门口吧嗒吧嗒嘴，中了，中了，培育家的翻身做了主人，幸福地踏上了寡妇的金光大道。说这话时，一口闷正蹲在那，夹着根儿将军，云里雾里的，你馋也没用，家里除了老鼠，没个活物。驴眼儿就嘎嘎地，你腿粗，抱你的。这话儿还没撂下几天，培育家的走起路来，就一股腥味儿了，连骂街都大气磅礴，敢欺负俺？瞎了狗眼，俺塞了你家的烟囱，堵了你家的胡同。

　　培育家的和一口闷搅和成了玉米汁儿，显然是大腿和小腿儿一起抱。因为，说起一口闷来，当年也屎壳郎趴在花生壳里，大小算是个人物。

　　得有四十年光景了。一口闷不到二十岁，和我三叔一块儿下了部队。过了几年，三叔继续保家卫国，一口闷则选了回家收拾旧山河。那时候，年轻党员少，金贵，一口闷当过兵，是社会主义正儿八经的苗儿,就翘着尾巴梢子进了大队支部。折腾了几个回合,成了老油条了,一不小心,还当了书记。那几年,他老把凳子、椅子、豆腐、油条的往自己家搬。不时喝了酒,拿村里的广播这个这个这个地骂人。动不动对着自己竖大拇哥,咱庄里俩老虎,一个母老虎,一个就是我。称王没几年,因手把不干净,被乡里划了黑豆,苍蝇蚊子一起拍,老鼠一般拿了。一口闷的船是翻了,不过,当了几年舵手,养了不少虾兵蟹将,放起黑枪来,啪啪作响,算是十八路烟尘中的一路反王。

一口闷家开了个小卖部,堵着学校门口。二明子儿家的是老师,一次骂骂咧咧的,程咬金啊,学生不买东西,不让走。二明子儿家的不明白一口闷的苦衷。培育家的离小卖部近,一个月赊账一千多,这钱,羊毛出在羊身上,得从一口闷身上拔。同前直撇嘴,一口闷家的娘儿们拿培育家的当上帝了,叫人家拉了一裤裆屎都不知道,还嘻嘻哈哈的。一口闷拿人家祛火疗毒不能白祛白疗,得替人家买个单买个双的。一次,一口闷家的哇哇地哭,瞎了一万多,谁偷的,俺锁得当当的。一口闷就哼哼,许是老鼠拉窝里去了。娘儿们就嚷嚷,面包不拉,鸡蛋不拉,拉些票子能吃还是能喝,成精了?一口闷说,老鼠也知道钱好,买什么不行?娘儿们就骂,放你妈的连环屁,找派出所吧。一口闷一跺脚,报吧,报了就不是留党察看了,该吃枪子儿了。娘儿们啪嚓摔了个碗,就知道你偷的,偷了干啥了,输给家前一周了?一口闷说,说你败家还不承认,公安来一查,不是假货,就是过期的,逮你还是逮俺？娘儿们不吱声了，就是呜呜个没完。红锄家的在门口纳鞋底儿，听了个正着，添油加醋说了，电线杆子底下哈哈的。驴眼儿说，准给了培育家的，又叫去赊自己家的货，肥水不流外人田，本事啊。正说着，培育家的咬着根儿金锣火腿儿，大摇大摆地往菜园方向去了。我就说，这家伙狗爪子泥墙，道道儿不少。小沈阳儿他娘直晃悠大肥脑袋，他这人没正经，连头疼都是偏的。咱庄里搞什么社区，一口闷喝了酒，围着工地转圈儿拉屎尿尿，要不就偷营劫寨。我说，还有这事儿？报警啊。小沈阳儿他娘说，你还博士呢，抬头不见低头见，报了又不能枪毙，咋处以后？我说，倒是，倒是。渔夫一翻白眼蛋子，支部让他把守建材，招了安，这才消停。同前是三十年前的老书记，逢人就说，一口闷让培育家的薅得浑身没几根儿毛了，只能老妈妈哈稀饭，无耻下流了。

  我回家的当口儿，赶上了一口闷、大叫驴几个人的一场酒。本不想去，耶稣拽着袖子不撒手，看看热闹嘛，又不是鸿门宴。我直皱眉头，鸠山设宴交朋友，酒不是好酒，宴不是好宴，再说，叫一口闷干啥？他的话，连标点符号都不能信。耶稣便笑，咱庄里五十个党员，他横竖是个许大马棒，一镇诸侯，攥着十几张票，大小算团级干部，背后下绊子、捅刀子，上点儿眼药，谁也受不了。我听了半天，才明白，庄里要换届，大叫驴和半截鬼一伙，一口闷和大虎一帮，在支部里打起了游身八卦掌。一上桌，一口闷便哈哈哈哈地没完，说起话来，也不避人，大叫驴啊，和半截鬼一伙儿，你赢了，书记也是他的。咱几个兵合一处，将打一家，你当书记，大虎主任，俺呢，看上了石山子那十几亩一地，你再外加点儿酒钱。大叫驴和半截鬼十几年了，大前门嘬得火光冲天，只是不说话。一口闷滋溜又一盅子，答应，明天递个投名状；不答应，咱还是好爷们儿。大叫驴不懂，啥玩意儿，俺就听说过奖状和冠军。一口闷也不解释，这几天，俺就拉着几个人到县里走几圈儿，这年月，把人捣鼓臭了，简单，除了破鞋，还有上访。你跟着一起去，算是统一战线了。大叫驴晃了晃酒盅子，不去行不，俺出路费。一口闷嘿嘿地，捎瓶子矿泉水上坟，糊弄鬼啊，你自己脑子空，不要当是别人的也进了水。你不去，算蒋介石还是汪精卫？大叫驴抓了抓头皮，盅子不解渴，换茶碗，换茶碗。

一天，半截鬼挂我电话，给亲戚打听个什么事儿，说着说着，忽然恨恨地道，大叫驴这个叛徒。又道，一口闷家的龟儿子，娶了媳妇儿了，竟和培育二闺女狗吊秧子，一到晚上，四口子搓得麻将哗啦哗啦的。

我听了，暗自吃惊。

半截鬼

半截鬼捋了捋扑克牌儿，又抓头皮又抓腚，不行了，肚子疼，得家走。大叫驴手一摆，甭来没用的，脚气晚期了，转移了？又打了一把，半截鬼心神不安，把牌儿啪啪啪洗了几洗，得走，得走，家里的猪，哦，牛，得喂，绝食好几天了，要不，俺得叫老娘儿们清理了门户。大叫驴眼一立楞，现在谁家还有牛，都拖拉机，哄三岁小孩儿呢？我一笑，谁不知道四老爷赢了就跑，输了不走？走吧走吧，再不走，把黄世仁都搬出来了，万一被四奶奶赶出来，守了寡，也不好看相。半截鬼抬起身来，拍了拍口袋，赢个屁，都叫你们这些营生儿，给抠净了，晚上还想打二斤白干儿，这下好了，只能嘬酒瓶子盖儿了。

一段时间，半截鬼和大叫驴是我的忠实牌友。

假期一回庄里，这俩人见了，嘿嘿嘿的，打把儿，打把儿？我便笑，爪子痒痒了？谁怕谁！我们那打牌儿，贼一样，不走空，十块八块的，算是彩头。一旦桌子上搁几个钢镚儿，这牌局便有意思了，一个个眼努努着，生怕被黄老鼠叼了。第一次和半截鬼打牌儿，我老是输，心里甚是聒噪。论打牌儿，我也是童子功，经历过十年寒窗，凿过壁，也偷过光，虽说玩不过秦始皇，但收拾三斤茄子、二斤土豆的，算高射炮打蚊子。我瞅了半天，半截鬼和大叫驴，一会儿捏鼻子，一会儿摸耳朵，癫痫一般，就看出了门道儿，便说，四老爷，咋了？口蹄疫了，赢点儿，好去卫生所？我这话儿虽毒，老少爷们儿熟，也不在意。半截鬼直搓揉牌儿。我又说，你再挤咕眼，就不是半条，是一条鬼了，得上坟了。

说起来，半截鬼属精细虫，办起事儿来，是屎壳郎爬玻璃，滑得很。虽然只有半截儿，但心眼儿抠出来，可比一条鬼沉两千斤。一口闷提起他来，直咬鼻子，这人的手把儿，千年的王八万年的鳖，连阎王老爷都不敢拘他。

半截鬼大名唤作李一昆，弟兄五个，行四。我们住在家后，他住在家前，本是各走自己的独木桥，井水不犯河水。奈何，因了一次造反，南北通电，半截鬼便成了张仪苏秦，背起了两方的帅印。说起来，还是1998年的事了。那年，支部书记是李金水，这人仗着他哥在县里端屎倒尿，在庄里走起路来，手脚并用，一会儿欺欺男，一会儿霸霸女，横行得不亦乐乎。一次，把钱集上来，路还没修，酒瓶子却摆到了县城，叮叮当当的。老百姓急了，几十辆拖拉机突突突地开到了衙门口，齐声唤，要求捉了李金水。据说，知县也成了受害者，他的脸被一个老娘们挠成了豆瓣儿酱。

说起这事儿来，半截鬼就想吱吱字儿喝几盅子。

连小派头儿都知道，那天驾着手扶往里冲的是大叫驴，在家喝茉莉花儿，喝完，又跑到地里嫁接了半天果树苗儿的半截鬼，是这个事故的总设计师。

半截鬼的大哥李一律，年轻时干过书记，退出中枢二十年了，同棋家的是一律闺女的干娘，掐指一算，说是太公昨日从此过，道是今日好黄历，杀个鸡，插个旗，这个庄还是你的。一律正闲得蛋疼，闻讯，慌忙买了烧纸，念了半晚上经，准备登基。半截鬼一把把他哥按住了，你才攥着十几张票，金水、一口闷是大股东，联合家后，才能稳坐金銮殿。这阵子，恰好金水又拉屎又屙尿，半截鬼半夜往家后跑，幽灵似的，敲了东家敲西家，发动了一场群众大革命，把金水掀翻在地，又踏上一脚。过了些时日，一律便把办公室的烟灰缸当作惊堂木，砸得震天响了。

都说半截鬼是摇鹅毛扇的，腔门子一撅，羊粪蛋子一般，扑扑啦啦，能拉几十个鬼点子。这话儿不假，我是领教过厉害的。

一水儿干油坊，又卡大砖，一天到晚轰轰隆隆的，成了李村首富。钱一多，一水儿的眼珠子就长在耳朵上了，天天支棱着，杜月笙似的。他家门口一大块空地，本是集体财产，他拿大砖占了，当成了自己的据点。支部动员了几次，想收回来，承包了，增加集体收入。谁知道，一水儿翻着屁股看人，老婆也在一旁嚷嚷此路是我开之类的，一副红卫兵的架势。不巧，三叔自泰安回来了，在奶奶家摆了一桌子，半截鬼、一水儿咣当撞了个黑虎掏心，一起坐了，碰开了酒盅子。酒过了一巡半，半截鬼一扭头，爷们儿，你门口那地，大队里得收回来。一水儿眼皮都不抬，要地没有，要命两条。半截鬼哈哈两声,直端酒盅子。又喝了一会儿,半截鬼说,爷们儿,你开油坊,不往外拉油,却一车车地往家运,啥意思?前些日子,听说法,高家屯开油坊的,弄了地沟油,拉拉回来掺了卖,丧天良啊,你听说了吗?一水儿急忙把盅子放下了,四老爷,俺又不是夜猫子投胎,哪敢吹这股妖风啊?扒瞎话的,谁一出门,咔嚓,脑袋掉了碗大疤。半截鬼倒了一盅子,捏起来,那就好,那就好,害怕你干糊涂事儿,质检上要来查,俺哥给按下了,明天打电话,叫来验验,还你个清白,大家伙儿也放了心,等于做了免费广告,不怪好?一水儿忙抓起盅子,费那劲儿干吗,人家怪忙的。哦,对了,四老爷,那块地风水不好,俺镇不住,收了吧。半截鬼一笑,就怕你娘儿们不答应,铁锨一抖抖的,吓人。一水儿一拍胸膛,她还成精了,当自己双枪老太婆了,有俺呢。

　　罢了桌,我和半截鬼溜达着出了门,四老爷,好手段啊。半截鬼俩眼一闪闪的,和你个大博士比,俺是李大妈见了李麻子,相差不少点儿啊。我笑了笑,忽悠,继续忽悠。我俩都笑了。半路,我和半截鬼在树底下尿了一泡,又点了根儿将军,半截鬼噗嗤了几口,自言自语地说,有些事儿啊,不歪着来,就正不了。

　　他这句话,我琢磨了好几天。

赶喜的

2008年4月13日,是我大喜的日子。一大早,我和媳妇儿正拜着天地,忽听得门外乱纷纷,接着,竹板儿啪啪一响,一个小家伙尖声尖气儿地咋呼,赶喜的来了。这要是平时,我早就拿腿就跑,蹿出去看热闹去了,奈何公务在身,只得以家事为重。没料想,唱曲儿的一张嘴,我大吃一惊,竟然是云泽。

据说,云泽是个瞎汉,但瞎不瞎,只有他爹和他娘知道,当然,还有他自己。

我打小儿就认识云泽,不过,最初的印象,一直停留在一个恶作剧里。小时候,全庄就一个门市部,掌柜的是同前,柜台后眯缝个眼儿的,便是此人。门市部人来人往,这里就成了玩耍的集散地。某一日,云泽和哑巴趴在柜台上,一个闻味儿,一个瞅事儿。我看得清清楚楚,二木匠啪地拍了哑巴一下,哑巴一回头,见是云泽,怔了怔,抬手回了一巴掌,云泽嗷的一嗓子,谁啊,谁爪子贱,谁啊?二木匠嘿嘿一乐,哑巴,哑巴。云泽蹦了两蹦,死哑巴,俺偷你老婆了,还是摸你媳妇了,你一个光棍子,不在家遛鸟儿，出来抽哪门子风？哑巴听不见，啊啊地比画着，云泽骂了几句，见不还嘴，大怒，顺手一个黑虎掏心。这下子，哑巴不干了，一把攥住云泽的脖子，掐得白眼珠子耷拉到嘴夹儿。同前见要出人命，慌忙拱手作揖地，使了吃奶的劲儿，才算拉开了。云泽提溜着二斤红糖出了门，嘴里兀自喋喋不休，一步一回头，哑巴则在门市部啊啊地直转圈儿。二木匠瞅着惹了祸，早就一个筋斗云，回了云栈洞。同芳磕磕烟袋锅子，怪不得二木匠闺女跳了池塘，坏事的包，惹事的苗，弯把的鸟，不是正当玩意儿。

云泽是家前的，屋里还有啥人，没打听过，记忆里，一个人吃饱了，全家不饿。最初，就知道他是个瞎子，一天到晚，眯着眼，半抬头，两只脚试探着往前顺溜，和渔夫一样。渔夫的种猪喂得地动山摇，云泽不会，但猫有猫道，狗有狗窝，云泽会打渔鼓，能唱小曲儿，嘴皮子抹了油一般，贼溜儿。老年间，附近一带流行渔鼓戏，和打竹板儿的快书好有一比，一人撑起一个场儿。渔鼓是竹筒子做的，一米见方，一搯粗细，一头蒙了猪羊皮或膀胱膜，说唱时，左手竖抱渔鼓，右手拍打鼓面，击、滚、抹、弹，再间以脚板儿，隆咚作声，煞是好听。以前，没有电影电视，黑灯瞎火的，就靠听个小曲儿除腥去骚解闷儿，现在样式多了，云泽就失了业。不过，他也没饿死，不知跑东胜神州还是西牛贺州，跟哪个老祖学会了算卦，走街串巷的，给人家拆八字，晃扦子，俨然半仙之体，就差将身一纵，去南天门地干活。

大家伙儿怀疑云泽不是瞎子，并非无事生非、造谣陷害。云泽在庄里走路，不管去哪里，都和渔夫一样，不持明杖，脚底下几块石头，都瞎子吃汤圆，心里有数。但渔夫只在庄里溜达，云泽的舞台大，十里八乡的，都能去。我见过不止数十回，云泽挎个百宝囊，手持一根儿一米半左右的竹竿，丐帮帮主似的，一边哼着小曲儿，一边悠悠荡荡，四处打天下。小沈阳儿他娘见了就说，装的，装的。我说，老二奶奶，咋说呢？小沈阳儿他娘撇撇嘴，好人算命谁信？竹竿儿是道具罢了。

虽然我也怀疑云泽的眼神儿，但他连毫毛都没拔，就摇身一变，成了赶喜的，且跑到了我的府上，便觉得不可思议了。

小时候，我们这一辈人没事儿干，除了过家家，就喜欢看娶新媳妇儿的。娶媳妇儿时，三个场面最是热闹，拜天地抢栗子枣，合欢之夜闹洞房，再就是看赶喜的放鞭炮。

赶喜是我们那一带才有的职业。我们那里，男婚女嫁称红事，又叫公事。这一天，谁都图个热闹和吉利，要是没有捧场的，说明臭不可闻，至少主家为人不咋的，赶喜的，就是专业捧场的。赶喜的多是附近一带穷苦人家，甚至本身就是乞丐，平时缺吃的、少穿的，一年四季难得见个荤腥，有个挑头的一张罗，几个、十几个人组成一个小分队，就到处谋生计了。这些人虽说不是穿林海、跨雪原，却也南征北战、四渡赤水的，消息极是灵通，不用延请，只要谁家结婚，准聚集了一大帮子。赶喜的都自带鞭炮，就靠放这个讨几个大洋，有一阵子是自填的铁桶儿灰药炮，响了，还能回收利用，看见婚车来了，便拿火点了。这边院里夫妻对拜、眉目传情，那厢院外赶喜的敲竹板、打渔鼓，说些吉利词儿。再早些年，打发赶喜的虽然拿喜酒、喜烟、馒头和肉类便可，但老百姓日子都不宽快，给多给少却是件难事儿，赶喜的会死缠烂打，满足不了胃口，决不收兵，除非老江湖，口舌好的，对付不了这帮子人。这些年生活好了，赶喜是下三滥的活计，一般人不愿意干，快绝种了，一旦碰到了，好烟好酒，再包个红包，谁也不再拉拉扯扯了。赶喜的也是有帮有派的，十几年前，家前一个赶喜的，光棍子，老是来我家买鞭炮，人很面善，又能说，和我还打过几次交道。过了段时间，在家里被人打死了，好几天了才发现，据说是抢了人家生意，因缺少苦主，命说没了就没了，到现在还是枉死鬼。

云泽唱渔鼓的出身，改行赶喜，算是人职匹配，发挥了特长。第二天，我专门把录像放了，一边放一边乐。云泽先是唱了一段儿，来到大门朝里望，里边一道影壁墙，影壁墙上梧桐树，梧桐树上落凤凰，公的点头母的叫，一唱一和拜花堂。拜花堂，入洞房，洞房里面卧鸳鸯，北头卧着状元爹，南头卧着状元娘。今日俺算交好运，看见麒麟送子忙。待到明年春暖日，定能看见状元郎。说到这里算一段，酒足饭饱再接上。周围的几个老娘们不过瘾，又瞎嚷嚷，云泽的白眼蛋子都放了光，火眼金睛一般，又吧嗒吧嗒来了一曲儿。某日，我多事，搜索了下，发现赶喜的段子都大同小异，无非是些顺口溜儿。

在庄里，云泽一直和蔼，谁叫了，便驻下，侧头听着，聊几句，说完，便哈哈的。2012年回家，妈说，云泽没了。我忙问，去哪里了？妈说，出去算命，被撞死了。我听了，心头一痛。妈又说，没想到云泽褥子底下攒了好几万，人家还赔了不少，我说，给谁了？妈说，都让侄儿和媳妇儿给刮去了。我大惊，云泽还有侄儿？妈说，有啊，你不知道？我说，没听谁拉起过啊，咋平时不上门，没人管，死了，就当孝子贤孙？！妈不吱声儿。

云泽这一死，我才知道是谁真瞎，谁假瞎。

吊死鬼

一大早,小泥鳅儿去沙滩汪割草,割着割着,抬头一瞅,妈呀一声,没个人腔儿,扔了镰刀,撒丫子就跑,四邪正在浇园,被这一嗓子差点儿吓得掉进池头里,咋了,咋了,诈尸啊!急忙跑过来迎住小泥鳅儿,小泥鳅儿兀自脸和白纸一般。俩人孬着胆子返回沙滩汪,一个人赤条条地挂在树杈上,四邪定睛瞅了瞅,同林啊,同林,练的啥功夫这是。俩人忙上前托住了,同林已轧凉轧凉的。

事后,小泥鳅儿吧嗒着烟袋锅子说,舌头拉拉着,紫丢丢的,比屑还长一拃。

商和说,同林能作,上吊上出艺术来,还光着个腚,碰着狐狸精了还是潘金莲了。同泰当过大队会计,此时赋闲在家,一撇嘴,金牙贼光四射,你当进了高老庄?潘金莲找的是西门庆,咋能看上个放猪的?同林光屁股上吊不要紧,不但成了千古之谜,还间接让家里花了不少银子。大儿子彦朋买了十几身棉衣,在坟头烧得热火朝天,俺爹怕冷啊,多穿点儿,多穿点儿,别回来缠俺娘。

这个时候，二儿子彦河已修炼回来。按照他入的教，不信鬼神不祭祖，任他娘磨破了三张嘴皮子，也没去坟头叩首，只在家里念叨上帝和魔鬼，把他娘气得挺了挺腿儿，背过几次气去。

同林行大，是个猪倌儿。每早晨罢了饭，烟袋包子往肩膀上一搭，持了鞭子，啪啪几响，嘴里喊着威武、回避，十几头精壮的猪仔跟在一头母猪后面，一窝蜂出来了。说来也怪，两三米长的细鞭子，在同林手里长了眼，他单手一抖，说抽猪下水，保准不奔猪耳朵，金镖黄天霸一般。猪在他鞭子下服服帖帖的，或一字长蛇，或二龙出水，或十面埋伏，同林则念念有词，直似韩信点兵。我们这帮子小孩儿爱找同林玩儿，主要是他这人热闹，别看扁担倒了不知道是个一，但巧话多，文词儿不少，说出来笑人。同林给每头猪起了名儿，什么大胖、二花、三阎王的。那年，不知发啥神经，给自己的猪取了秦叔宝、程咬金、汪精卫。我听他喊了就笑，咋个意思，大老爷，想占山还是要落草？同林一抖鞭子，打到台湾岛，活捉蒋光头。我说，早死了。同林又晃了晃，母猪下崽儿，一代传一代。

现在想来，同林上吊这个事儿并不怪异。

同林弟兄两个，老二诨名字"赤脚大仙"，哥俩儿凑到一块儿，就是一部聊斋加志异。不知哪天，赤脚大仙老婆找了一位大仙算命，据在场的商和老婆说，这人扒拉了半天手指头，连叫不好，唬得赤脚大仙老婆仨魂儿跑了一对半。大仙说，人家都是娘儿们克夫，你家里反了，克妻。赤脚大仙老婆尾巴梢子都绿了，倒血霉了，六个孩子，五个没成家，咋破啊？大仙指了指天井里的树。赤脚大仙老婆眼直了，上吊？俺活得好好的，还不想咽气儿。大仙摆摆手，梨树，你两口子得分开，永不见面，方得长生。说完，拿着一把毛票儿和二斤煎饼，腾云驾雾走了。赤脚大仙老婆天天摔盘子摔碗，赤脚大仙只得卷了铺盖，去了池塘，替大队看树林子。一天，同林老哥几个去池塘看兄弟，喝了几壶水，说起二木匠闺女来了。

二木匠姑娘年方二八，尚未许配人家，不知咋了，和家里吵吵了一顿，转眼不见了。二木匠当是被马虎叼走了，攥着铁锨把找了好几天，眼泪墨汁儿一般，犹不见闺女踪迹。话说，赤脚大仙早晨有瞎逛的毛病，那天，在池塘边溜达，见水里白花花的，赤脚大仙伸伸着眼说，还当是四条腿的鱼，过去瞭了瞭，是个人，都泡囊了。同林说，真是光腚，啥没穿？赤脚大仙一翻眼皮，啥没有，我帮着捞的，还瞎话？不知谁脱的，土地还是龙王，怪事儿了。同林死后，洪昌回忆这个细节时，说，同林听了，吧嗒吧嗒紧嘬烟袋嘴子，脸不好看相。

想当年，家后有两个故事大王，就是拉呱、编故事的能手，一个是同林，一个是我。不过，同林的我讲不了，他拉的净妖魔鬼怪的。他说，池嘴子一个挡，谁碰到了谁一晚上走不出来。

那时，我在乡里上中心小学和中学，每天天不露明儿，日落西山，来回跑校。一往一返大约六里地，路上要经过一个池嘴子。路南是一个很大的活水池子，路上有桥，桥北有沟渠，水源昼夜不断地注入。同林说，挡就在桥底下。挡是个什么东西，谁也不清楚,但小派头儿、大老黑、四狼都说碰到过。同林说,他也中了枪。那天,赶远集回来晚了,看见黑影一闪,吓了一跳,再走路时,反复都是池嘴子,腿遛细了,也没走出去。我一星期走十遍,听了,脚底板子都软了,大老爷,你咋没被吃了?同林诡异地笑了笑,挡不吃人,就是挡人,不让回家。我说,咋破啊?同林哈哈的,和上吊的一样,得有人来替,才能托生,来人被挡住了,你才能走出来。不的话,到天明也行,挡就走了。自打同林说了,我一走到池嘴子,就哆嗦,但至今没有碰到挡。

虽然没碰到,却没想到同林一语成谶,做了上吊的托生鬼。

一天早晨,同林赶着猪经过沙滩汪,第一个发现了吊死鬼李彦棋。彦棋是大泥鳅儿的二儿子,死时二十二岁。据大泥鳅儿的老婆说,前天晚上,彦棋回到家,一头拱到床上,不停地嘟囔,在沙滩汪逮了一条大鱼,逮了一条大鱼。他娘问,搁哪里去了?彦棋也不抬头,绑自行车后座了。他娘急忙出去找,回屋就骂,有个屁鱼,一捆麦秸,不坑别人,坑您亲娘。第二天吃罢早饭,彦棋说去沙滩汪,结果一晚上没回来,等同林来送信,已是一个光屁股的吊死鬼。

四邪说,彦棋吊死后,同林老赶着猪在沙滩汪转悠,一会儿瞅瞅汪水,一会儿瞅瞅杨树,转悠了两年,和大儿子彦朋吵了一顿,也把自己挂在了树上。

四邪还说,怪了,这伩寻短见的,死时都光溜溜的,衣裳一件也没找到,不知哪里去了。

门框

李一师嘴一咧,大黄牙立马儿列开了队,怪好来,闭门家中坐,钱从天上来。李一渠忙问,咋了,馅儿饼掉你狗嘴里了?一师呸了一声,你啥时候吐出根儿象牙来?这不,庄里选当官儿的,门框给了五百,在大队院子里混了这么多年,头一回儿搞点儿外快。一渠脸一耷拉,老百姓算完了,天津的包子,成狗不理了,咱这样的,一分也捞不着。一师瞥了他一下,急什么啊,总得有个先后顺序。听说法,一般群众一人两百。

我大吃一惊,忙问,大老爷,咋,门框回来了?一师瞅瞅我,回来了。你俩人同学吧。我点了点头,又摇了摇。

门框是我小学同学。小时候,皮得要死。三年级时,往一大泡牛屎里安了个炮仗,点了芯子,就咋呼,快来看,快来瞧,牛屎里藏着个小花猫。几个小家伙围了上来,还没定睛细看,就炸了一脸一身。还有一次,正上着课,一捅宝路家的儿,想吃大白兔不?闭上眼,张开嘴。宝路家的儿直流哈喇子,慌忙张开血盆大口,门框从兜里抓了一把硫酸二铵塞了满嘴,宝路的儿嗷一嗓子，呔呔呔的。纯江是老师，正在板书，吓得往前一趴，鼻子都磕破了。

就这么块货，居然屎壳郎长翅膀，大了以后，会飞了。

俗话说，好汉无好妻，懒汉操好逼。这话儿粗，但理不粗，现实更细致。门框将书读成了红薯，他爹一看，别光吃食不下蛋了，下学吧。门框扔了书包，干了几天业余地痞，便去了青岛，折腾了几年，回来探亲时，领回来个小媳妇儿，奶子一晃晃的，屁股拧得麻花一般，馋得宝路家的大小子，吃完饭，就往门框家里跑，去闻骚腥味儿，一天十二个小时不出来。又过了一段时间，听说门框买上了二手桑塔纳，一开起来，惊天地，泣鬼神，动静比拖拉机还大。不过，那时候汽车少。门框老是把脑袋从车窗户探出来。李金水跟在后面吐唾沫，一个神经病患者，当自己指挥百万雄师呢。

据路透社消息，门框听说庄里要换当官的了，招呼没打，拎着十五万就回来了。他娘一听要当太后，啪啪啪直拍自己的腔，再一瞅钱，一屁股坐在当门，起不来了，眼泪像断了线的珠子。宝路家的大小子薅着她的手，大娘啊，好事儿，能管两千口子人，全庄儿都是您家的，想往哪拉屎就往哪拉，谁家的玉米棒子粗就掰谁家，谁敢言语，重打八十，打晕了泼水。门框他娘脸上的鼻涕七八十二串了，俺一辈子没见过这么多，要是偷的抢的，也就罢了，自己挣的，这是扎俺苦胆啊。门框拉着脸，在院子里转圈，起个名儿叫门框，俺正要跳，老不死的扯俺尾巴根子。当天晚上，他娘搂着钱睡了，第二天，还一张张地数，恨不得抠下个钢镚儿来。

门框和我不同宗，但论起来，少一辈儿。那日，庄里几个同学一起吃饭，这家伙大叔也不叫了，大马金刀的，一屁股坐在了主位上，胸脯拔拔着，吐云吐雾的，得了道一般。宝路家的大小子瞅着门框，就像瞅着他老婆的奶子，一脸珠光宝气，大哥，吃烟，大哥，哈茶。我窃笑，故意问，啥时候走马上任啊，得祭天。门框嘎嘎一笑，还没划圈儿呢。你是文化人，真得祭拜啊？我一脸正气，不祭的话，天打五雷轰。秦始皇都去泰山东海的，你比人家多六个头？门框说，得祭，得祭，也算祖坟冒青烟了。我端起酒盅了，先别管狼烟还是鬼火，你小子，先说说咋想的，被疯狗咬了，还是被老婆夹扁了头？门框吐了串四不像的烟圈儿，在青岛倒腾了这些年海鲜，我算瞅明白了，要想富，得当官，老师不是教来嘛，三年清知府，十万雪花银。咱几个人说话，我不扒瞎话，投十五万，一轮三年，变四十五，比炒股都好，还过瘾。
　　我吱吱一盅子，你个王八蛋，打错了算盘了。门框一伸脖子，咋了？我说，还咋了，咱庄里除了黄土，就是石头蛋子，你看看哪个值钱，我帮你往家拉。再说了，地有政策，不能动，庄里没企业，也没副业，你爪子再长，能抠出鸡屎？大概不知道吧，村账乡管，盖个自己庄的章，都得跑好几里路。再说了，纪委眼珠子比窗户都大，捣鼓不好，你再进去吃了盒饭。门框一边听一边耷拉头。我说完了，他背也驼了，大叔，照你这意思，股票还没开盘就跌停了？我一笑，恐怕不是跌停，是退市了。人家当官不为民做主，不如回家种红薯，你这倒好，不去种，还去偷，心眼子都歪到姥娘家了。宝路家的大小子把盅子一蹾，新官儿还没上任，还没点火，你一泡尿给浇得湿拉吧唧的，丧气啊。门框头皮抓得啪啪的，也不能要回来啊，坏了，坏了。几盅子下去，门框就不省人事了。

果不然，干了不到半年，十一我再回家，门框脸蜡黄蜡黄的。十月二日，庄里铺自来水管子，门框跟在几个小工后面，吃了鸡屎一样。见了我，招了招手。我俩点了根儿大前门，解套了？门框弹了弹烟灰，还解放！我算是被俘虏了。我忙安慰，踏实点儿，干点好事，大家伙儿还夸你，别留个千古骂名，十五万就当捐希望工程了。门框咳咳几声，你不知道，我就这点闲钱，这祸大了，老婆都不理我，回去贩带鱼、卖虾婆去了。我说，这多好啊，省得谁谁往你家跑，半夜五更不出来。门框顿了顿，你说啥？谁啊？我说，没啥，没谁，快埋你的管子去。门框塌着背走了。

过了一年半，门框就干了两年了。那天，我闲来无事，和小国儿煲电话粥。小国儿忽然说，门框领着几个跟屁虫，天天东蹿西跳，搞绯闻。我忙问，这孙子又搞啥幺蛾子？小国儿说，嫌乎官儿小，想当庄里的老大。我说，他又不是党员，当个屁，疯了吧？！小国儿一哈哈，咱知不道。

我忙撂了，给门框挂了一个。门框正在喝酒，窝窝秧秧地听不清。我把耳朵塞进手机里，才大体明白咋回事儿。门框干了这么长时间，除了点儿工资，扁嘴毛都没捞到，急了，当是庄里的一把手挡了财路，就伙了干痞子时的几个酒肉朋友，到处忽悠，说人家咋了咋了。乡里下来调查一次，不实，给他记了个黑豆儿。门框还不死心，去报了个班儿，卧薪尝胆，学了计算机，在网上炒，在网上报，顺便绑了乡里领导，说是包庇。我问，人家贪了？门框说，庄里有个屁。我不解，你头发长疮，啥毛病？门框哼哼的，谁不让俺过，俺也让他难受。话里话外，破罐子破摔。

过了几天，小国儿打过电话来，我才弄明白。门框天天出去喝酒，喝了就打白条，龙飞凤舞的，甚是潇洒，打了快一万了，饭馆儿来抹账。正好，庄里要了个支农项目，门框去报。一把手说，专款专用。宝路家的大小子就撺掇，一把手是董事长，你是总经理，咋也得给点儿经费。门框便狗爪子挠腚，坐不住了。

和小国儿支吾了几句，就挂了。我忽然想，这人儿，恐怕是癫了。

李主任

李主任一下子就成了陈世美、潘仁美了。

小沈阳儿他娘搓揉着胳膊上的灰，一条条儿地往下掉，小小啊，俺考考你，瞅瞅你知道不。我说，老二奶奶啊，卖拐还是卖车啊，说吧，啥？小沈阳儿他娘摩挲摩挲胳膊，当俺是赵本山啊，你说说，咱庄里谁创得最好？我怔了怔，小沈阳儿他娘又问，咱庄里谁最毒？我摇了摇脑袋瓜子。小沈阳儿他娘一龇牙，你娘个头，还博士呢，耀祖啊。一个大主任，他娘天天在家拍着腿，抹眼泪，嗷嗷的，也不管，人家养儿防老，这家子倒好，养了头狼，专门回头咬。我忙摆手，别瞎传啊，听谁说的？洪师磕了下烟袋锅子，还用谁说，俺两家子临墙，啥动静不知道？我说，大老爷，他娘又不是秦香莲、杨六郎。渔夫晃悠了下白眼蛋子，屎壳郎还能割出好蜜来，反正不是块好饼，耀祖这个中山狼，合庄没不知道的。

李主任小名儿叫耀祖，大名儿不好曝光，只能甄士隐、贾雨村了。好事者一搜索，没准搞出啥案子来。

耀祖和我同岁，小时候，还一起踩着月亮芽儿跑过校。多少年不见了，忽然听说祖坟噌噌往外蹿火苗儿，在哪里出息了，石猴般一蹦，当了主任。说实话，这几年官儿不好当，那边帽子刚卡上，这边绯闻一股股地冒将出来，专攻下三路。李主任的绯闻是他娘搞出来的，熟人怕老乡，何况还是宫里人传的，一下子就中了七寸。

李主任还没当主任之前是副主任。一日，携了新娘回家。他大舅听说有喜酒喝，有好席坐，忙拎着一篮子鸡蛋过来。一进门，就嚷嚷，咋了姐，犯了阑尾炎还是肾结石，怎的有医生？李主任他娘就不自然，啥医生，瞅差啦，俺儿媳妇子是队长的闺女呢，还是个拉弦儿的。他舅忙问，咋的，还炸碉堡？他娘就笑，解放多少年了，还炸，省里那个啥乐队的，小提琴，一拉呜呜的。主任夫人也不说话，在口罩后面不咸不淡地点了点头。吃饭时，主任夫人掏出餐巾纸，把筷子擦得快秃噜了皮。他娘说，您嫂子，戴着口罩咋吃饭，摘了吧，屋里院子里你都喷了香水了，没啥味儿啦。儿媳妇也不搭腔，拿筷子挑了挑盘子和碗，就放下了。他大舅、一师和几个亲戚盅子嘬得滋溜滋溜的，他娘忙压了压手，小点儿声，哈酒就哈酒，还配啥音、伴啥奏。饭没吃完，儿媳妇一使眼色，两口子下了县城，再也没有回来。晚上，李主任给他爹打电话，爹，我说你这个同志，小胡儿是富二代啊，家里咋不好好拾掇拾掇，天井里光玉米棒子，搁不下脚。他爹就说，咱是庄户人啊，咋了，装不开她了？李主任不高兴，咋这么说话？儿媳妇是上宾，拌盘儿黄瓜都不搁沙拉酱。他爹就问，啥酱？李主任就哼哼。挂了电话，他娘忙问，咋还不回来？床都收拾好了，干干净净、软软乎乎的。他爹呼呼地练开了蛤蟆功，肉包子打狗了，不来了，不来了，嫌乎家里没有空调，坑也蹲不了，不抽水，拉不出屎来。一师来拉呱，正在旁边喝茉莉花儿，一口就喷了，找了个祖宗。他爹咳咳的，还胡队长的闺女，俺瞅着是鸠山的千金，比胡汉三还厉害三倍。他娘直抹眼泪，怪不得结婚不让咱家去人，嫌脏啊这是，俺看来，这个儿算是白疼了。他爹就说，喂了狗了，喂了狗也得汪汪两声啊。

怪不得他爹怨气。这个家是他爹一个子儿一个子儿换来的。他爹叫李一良，是远近闻名的货郎挑。货郎挑也就是挑货郎，卖小百货的。印象中，货郎挑已不挑担子了，而是拿小木车推了，一旁一个封闭式的透明箱子，走街串巷，边走边晃拨浪鼓，梆个梆个一响，大闺女、小媳妇特别是孩子们，嗡嗡地围了上来。一架车子，就是一个杂货铺，货郎挑的箱子里，针头线脑，纽扣染料，玩具日用，吃的玩的，要啥有啥，变戏法的似的。很多时候，李主任坐在车把上，流着鼻涕看场子。李主任年龄大了，时代大踏步了，家家户户啥不缺了，他爹把拨浪鼓一扔，从此，绝了一个行当。

2013年，李主任他爹不行了。

他娘把拨号键按褪了色，李主任才回来，到了医院，也不进病房，让秘书送了一束花，红通通的，还怪香。他爹说，那谁呢？

秘书说，大爷，主任日理万机，在车里处理公务，走不开呢，您多担待啊，为人民服务，没有办法。秘书招呼了几圈，立即钻进车里，一路嘟嘟着喇叭，打道回了府。他爹急了，提前咽了气。一师说这事儿时，兀自不解，怕死人还是怕传染？他爹又不是鬼又不是恐怖片的。一伦直哼哼，是动物世界。

李主任爹死了，就剩娘一个人，老妈妈儿年龄大了，头发上长疖子，浑身啥毛病都有。他叔他舅急了眼，张罗了半个月，李主任派人把他娘接了去，没过一周，被窝里还没放几个屁，他娘就耷拉着脑袋回来了。据说，他娘去了后，队长的闺女一见面就捂鼻子，摔盘子摔碗，把他娘的心脏病硬是摔成了动脉硬化。那日，李主任说，娘啊，我要离婚了。他娘就哆嗦，儿啊，别一创好了就小三小四的，得守住尾巴根子，咋了，你出轨了还是孩子妈越狱了？俺看电视来，你这是高危行业，捣鼓不好，就成了监牢狱的客。李主任摆摆手，别祸害我了，媳妇儿都不让上床了，再待两天，不用出轨，该出家了。他娘就抹眼泪，都是俺不好，都是俺不好。李主任说，让秘书给你买个烧鸡，弄几根儿红肠，回去吧，家里空气好，城里人都往农村跑，把老宅子收拾收拾，搞个农家乐，二次创业，没准儿还发了。

他娘气得把红肠扔了车站垃圾桶里，又掏出来擦巴擦巴，装进了提包。回来后，天天在家里哭，撕心裂肺的。一师说，哭得俺一家人都失眠，早晨起来，老君炉子跑出来的一般，个个火眼金睛。

渔夫说，当主任咋了，石头缝里蹦的？一师甩了把大鼻涕，小小啊，你喝过墨汁，见过花花世界，说说，他的行当咋越当越大？！

我吸了口烟，大老爷，你问我，我还想问你呢。

鲤鱼儿家的

鲤鱼儿家的着实勤劳。一大早，跑到菜园子里，拔个萝卜，拽棵白菜，塞到裤裆里，怀了胎一般，扭扭歪歪地溜回家放下，又窜出来，东瞅瞅，西瞭瞭，找个柴火垛，抱一抱玉米秸或麦秆儿，急急搁到锅屋里，拍打拍打胳膊腿儿的。黑水家的评价说，活干完了，满脸透着个美。

三熊王家的也临墙儿，一个人能这么偷四十年，怪辛苦的，当官儿的瞎了眼，也不给评个全国劳模、三八红旗手。

都说鲤鱼儿家的是癫汉，爷不同意，爷哼一声，她癫？她咋不把自己的东西给人家，还到处偷？！

爷也错了，至少不太准确。鲤鱼儿家的不是偷，是拿，是抢，看中啥了，直接下爪子。大家伙儿不是不管，懒得管，也没法管。那天，李彦文把拉鸭的大解放停在大队院子门口，鲤鱼儿家的看了，就忙着拉大栓，瞄了一瞄准，把后视镜一石头给打下来了。彦文直拽头发，这个屄操的，碍她拉屎了，还是碍她放屁了，这么手贱。我就笑，三叔，叫她赔啊。彦文就叹气，还赔金子，赔银子，不咬人就不错了，俺得找她儿子。我一摆手，找她儿，可拉倒吧，没准儿挡风玻璃给你敲了。彦文直拨棱头，咳咳的。

都知道，鲤鱼儿家的是孙二娘、杨排风，惹不起。黑水他儿一掐烟卷儿把儿，咋，还弄死她？弄不死就别惹，这个母夜叉，纯属屎壳郎照镜子，里外不是东西。黑水他儿交过手，知道长短，虽说占了上风，但一谈起这个英雄事迹，头皮都发麻，慌忙摆手，驴尾巴拴豆腐，提不得，提不得啊。

鲤鱼儿家的看家本领不是偷摸顺抢，而是骂街。她一出嘴，天昏地暗，地动山摇，一道金光，直冲斗府，一般人见了，都先矮了三分。

把自己培养成李村第一癫汉和骂街红人前，鲤鱼儿家的虽说还不是鲤鱼儿家的，但已是著了名的人物。搁五十多年前，鲤鱼儿家的完全可以成为"破四旧"的代表。十五六岁，就是个腌臜泼才，和邻村的一个滚刀肉勾搭到一起，海陆空三军作战，不到二十岁，啪啪啪，生了四个小东西。不知是谁先烦了，鲤鱼儿家的一个乾坤大挪移，蹿出去十来里，换了个当家做主的，又接连酿造了几个地上情的酸果子。几年间，鲤鱼儿家的敌进我退，敌疲我打，放一枪，换一个地方，将旗子插遍了蒙山沂水。一伦一个大老爷们，有时候也扒拉老婆舌，俺瞅来，鲤鱼儿家的找的男人，差不多一个连，下的崽子，咋也够一个海军陆战队了。要是武装下，一日之间，就能先发制人，攻上台湾岛，活捉蒋介石，哦，死了，拿了李登辉。

直到鲤鱼儿家的碰到了李鲤鱼，这才战略防御，安营扎寨，勉强和平了四十年。

鲤鱼儿家的不敢不收了性子，鲤鱼就是她的克星，除了鲤鱼，她就是孙猴子，想吃谁家的蟠桃就一个筋斗云，完事了，还揣一兜子，给花果山的小的们。

话说某年某月的某一天，鲤鱼儿家的游击到李村，不知咋整的，整到鲤鱼的床上了。几番云雨下来，据说，鲤鱼儿家的暗自心惊，感觉这次碰到茬子，要栽了。鲤鱼年轻时，喝了酒，一铁锨把人家半拉脑袋劈了下来，亏了在保定府带兵的亲戚，上下打点，判了个有期徒刑。鲤鱼儿家的来时，鲤鱼刚出来不久，这个大十几岁的男人，眼里搁着刀子。不得不说，鲤鱼儿家的是个奇怪的动物，连续战斗能力极强，被捅咕了三年，又是三个娃儿。鲤鱼儿家的按捺不住，又想去流浪，寻找梦中的槐花树，便拴了个包袱，装了些细软，打算半夜溜出去。谁知，鲤鱼早就看出这个一直不领结婚证的娘儿们是啥货色，已咬着烟袋锅子，明明灭灭，在门口榆树下，恭候多时了。瞅着娘儿们出来，鲤鱼并不搭话，双脚一磕蹬，一把拎了脖子，鸭子一般，直接挂在了大梁上。过了三天三夜，奄奄一息的鲤鱼儿家的被放了下来，她捯了几口气，知道自己这一辈子，注定青山埋白骨，要长留在这块热土了。

鲤鱼儿家的游击战转为正规战，倒霉的是老少爷们儿。她一身骚气没地儿发泄，就出去偷东西，顺带搞搞副业，骂个街。鲤鱼见娘儿们有本事，又白吃白喝，便趴在桥头看水流，做了个卧龙岗散淡的人。

　　鲤鱼儿家的骂街，没啥规律，想啥时候骂就屎壳郎打喷嚏，什么臭喷什么，有时一天几次，有时几天没动静，闷在家憋词儿。鲤鱼儿家的骂街时，要不拿个棍子，要不空着手，弯腰找块石头，乱扔一气。印象中，她不打人，却最喜欢砸大队里的玻璃，稀里哗啦的，集体财产，也没人管。小沈阳儿他娘直运气，你瞅瞅鲤鱼儿家的，超生了俩，一个问的没有，俺超生了一个孙子，罚了好几万，还进了学习班。同棋家的就笑，二嫂啊，要不您也疯疯，没准儿还给点儿补贴。小沈阳儿他娘撇撇嘴，你说这话，丢不起这人呐。

　　俺庄家后是条大街，打我家门口通过，鲤鱼儿家的骂街，这里是咽喉要道。一听有人骂，闻风识故人，便知是鲤鱼儿家的来了。这人骂骂停停，停下来骂时，面向西北大队院子方向，一脚前，一脚后，一蹲一拔，手指头一戳戳的，动作极是协调，白天不洗澡，苍蝇蚊子咬，晚上来狼狗，谁也跑不了。这个骂法儿是文骂，不带脏口儿，要是武骂，便不堪入耳了，你妈个屄，上家西，铺着褥子，露着屄，谁见来，我见来，你妈扒开我看来。鲤鱼儿家的骂到大队院子前，便不再往前，砸砸门，敲敲玻璃，大队支部就是好，贪官污吏真不少，今天老娘来砸门，明日公安全抓掉。

　　2008年，我结婚时，便借的大队院子吃酒席。鲤鱼儿家的闻讯，跑到院子里转圈儿，边晃悠边嘴里不干不净。屎包说，快叫一登，鲤鱼儿家的就怕他。鲤鱼儿家的生了一个闺女，两个儿子，闺女早早出嫁了，二儿子一亮倒插门，就剩一登在家守着，虽也不是个东西，但还算明白事理，慌忙一嗓子把他娘吼回家，瞅瞅这事儿闹的，瞅瞅这事儿闹的，人多，又有车，当是计划生育的来了。

这个时候，鲤鱼已没了，鲤鱼儿家的就怕一登和黑水他儿，他俩一出手，就是半死。鲤鱼儿家的顶风臭八百里，一登快三十了，连个长头发丝儿都没碰到，便捉了他娘撒气。那年，鲤鱼儿家的把黑水他儿的镢头拿回家烧了，找上门来，鲤鱼儿家的一蹦蹦的，黑水他儿也不客气，施展三十六路小擒拿，一脚踹翻在地，骑了上去，好一顿胖揍，鼻子口的漏汤。自此，鲤鱼儿家的见了黑水他儿，二话不说，掉头就进了洞。

奶奶在世时，鲤鱼儿家的老是跑过去玩儿，我每每碰到，就吓一大跳。聊了几次，才发现这个娘儿们闯过世面，说话得体，见识甚是不凡，啥毛主席、周总理都知道，有时还你好你好的。三叔就说，娘啊，鲤鱼儿家的是顺毛驴，你吃不了的蛋糕蜜饯，给她块尝尝，来陪你拉呱解闷儿，多好。鲤鱼儿家的攥着块点心，满脸牡丹之歌，大嫂子真好，大嫂子真好。有了玩伴儿，这下子消停了不少，骂街的节奏和频率明显放缓。

奶奶没了，鲤鱼儿家的没地方去了，又一跳跳地上了街，七十多的人了，没有啥专长，重操起了旧业。

秋香

小国儿说，秋香出嫁了。我在电话这头啊了一下，谁胆子这么肥？小国儿一嘿嘿，放你的中国心，三头六臂的哪吒打光棍儿，女的只要能爬，哪怕是蜈蚣精，就会有人抢破了头。我忙问，哪庄的，啥样人？小国儿打了个酒嗝，不知道，就听说缺了个胳膊，还是少了个腿儿，家里有点儿。我嗯了下，这就难怪了。

说起秋香来，可是个名人，长期占庄红第一位。秋香出名儿，是因为她有点儿弱智。现实赤裸裸地咬人。俺那地儿，只要瞎瘸聋嘲愣，且能弄出点儿动静来，想不名声儿都费劲儿。村里人管傻啊弱智的，叫嘲，傻子叫嘲巴。人民群众拉呱，可没那么革命，都是脚脖子挂暖壶，低水平。咋了，你还指望电线杆子底下搞APEC、整博鳌？这里是百家讲坛，坛坛都是外国酒，就是谈李白，一秒钟之内，保管拐到潘金莲的被筒里。

秋香嘲，随根儿。

磕头虫儿俩儿子、一闺女，三个孩子一对半是隔着门缝吹喇叭，名声在外。大儿子同宝，黑不溜秋的，生了一个孩子，就让计划生育的给刀了,可能刀厉害了,腰龟龟着,叼着个烟袋锅子,一步三摇,干不了沉活儿。不过,娘儿们可怪厉害,生龙活虎的,咔咔又生了俩白小子。三熊王眼尖,不叫人阉了吗?还生,你咋捣鼓的?同宝就嘿嘿,伸出巴掌晃了晃。大嘴怪一惊一乍的,啊?!一晚上五个回合,常山赵子龙还是双枪陆文龙?同宝吧嗒吧嗒烟嘴子,大叔,说鬼子话呢,手,手捣鼓的。三熊王听了,错了口气儿,差点儿蹬蹬了腿儿。小派头儿知道了,直呱唧嘴,咱庄妖魔鬼怪算全了,女儿国都有了。二儿子同伟还算正常,他出名儿是沾了舅子的光。他舅子是电影放映员,那时候,没电视,没电脑,放电影的不得了。他舅子电影机子一架,眼斜楞着,嘴夹子提提着,登基似的,大闺女小媳妇就毛了。一天晚上,正放《渡江侦察记》,放着放着没了,半天没人换片子,大家伙儿都嗡嗡的,突听得李彦柏家牛栏里一个娘儿们嗷一嗓子,杀猪一般,胆儿大的奔了过去,手灯一晃,就明白了。他舅子和谁媳妇儿搞上了,因不懂天文地理,一时激动,找了个牛栏就进去了。当是没牛,哼哼得正紧,牛一尥蹶子,同伟他舅子就不哼哼了。据说,同伟他舅子弄了个公费医疗,躺了半个月,差一小点儿就壮烈了。

磕头虫儿闺女叫小掠。小掠脑袋瓜子缺斤少两,但功能齐全,嫁到郑家营,生孩子解闷儿。不几年,整了一个班的兵力,养不了,同宝正好缺闺女,抱了一个,取名儿秋香。

秋香小时候鼻子是鼻子,眼是眼,十几岁了,就像她亲娘了,盯着谁,直勾勾的,一天到晚,光吃不拉,也不干活,在庄里游山玩水。同棋家的就说，您大婶子，别叫秋香到处跑，万一丢了。同宝家的说，这样的祖宗，谁要了西天取经？有要的，俺给他烧香拜佛，顺便请客，吃猪头，啃下水。同棋家的一摆手，光棍子这么多，给块糖，就祸祸了，咋说也是黄花大闺女。同宝家的恍然大悟，哦哦了几声。我举了举大拇哥，二奶奶，高，实在是高，我咋没想到这层？同棋家的就笑，你还小，心眼子正当。同宝家的回家就拴了根儿链子，秋香野惯了，一天到晚哇哇地闹。奶奶听说了，就劝，您大婶子，不能当狗喂啊。同宝家的啪啪直拍自己的腚，没办法，大嫂子，要人命啊，上血当了。过了些日子，同宝家的不管了，秋香解放了，一蹦蹦地，钻玉米地，抠螃蟹，业务甚是繁忙。

奶奶家在大路东端，下地上园，门口是必经之地。奶奶坐在马扎上，拿个蒲扇，摇啊摇的。奶奶看见秋香，就叫住拉拉呱，橘子、香蕉的，没断了，秋香就对上眼儿了，一天来好几趟。那天，我在奶奶家洗头，脖子上的泡沫没擦，秋香瞅瞅我，就说，嘲看出来了，不会擦。柳树底下一阵大笑，我也笑了。嘲看出来了，是秋香的名言，意思是傻得明目张胆。这话传染率极高。一次，四叔喝酒，喝着喝着，被鱼刺卡了，奶奶说，嘲看出来了，说完，自己先喷了。

秋香出嫁时，吹吹打打的，甚是正规。听说，那家子对她不错。过了门，闺女要回娘家。秋香花枝招展的，小沈阳儿他娘见了，忙招呼了，您姐啊，结婚怪好吧。秋香说，天天结就好了，好吃的太多了，撑死好几回了。小沈阳儿他娘又问，听说法您那口子人不赖。秋香翻翻眼珠子，好个屁，天天晚上摸人，咬人，不叫人睡，盹死了。大家伙儿听了，嘎嘎的。

奶奶说，秋香不孬，还过来看看，攥了把子糖蛋儿。奶奶又说，秋香没嘟实心儿，只缺个好管教。

过了段时间，听说秋香怀孕了。又过了段时间，听说秋香生了大胖小子。再过了段时间，听说秋香改嫁了。秋香出嫁以后，我再也没见过。那天在家喝酒，谁说了句嘟看出来了，我想起了她的另一句名言，谁嘟谁知道。

忽然心里一动，这个世界，恐怕只有秋香这样的人才能看明白。

黑五类

2013年，我到福州办事，想起黑五类在这驻扎，多年不见，问小国儿要了电话。傍晚时分，黑五类塞着耳机，麻秆儿一般来了。聊完，黑五类道别，送到楼下，他试探着问，吃顿饭？我一笑，朋友请客，一起吧。黑五类甚是高兴，吃完，拍了拍肚子，没吃过这么好的，还有海参、鲍鱼。我很惊讶，你在海边二十年了吧？黑五类眼神远了，咳了几声，不说话。我拍了拍他肩膀，这顿就当给你落实政策了，回到人民的队伍。黑五类嘿嘿笑了，握了握手，打开随身听，一天来回四十公里，就靠它过日子了。说完，插在人群中，不见了。

黑五类不是真正的黑五类，顶多算黑三代。

黑五类是老肠子给取的诨名字，这个诨名字来头可是不小。旧年间，黑五类的老爷是庄里的末代恶霸，兼职地主，我打小儿没见过，只见过地主婆子，据说还是小的，经常挂着一根拐杖，到处侦探敌情，拐杖一顿顿的，老说上句，不像被镇压过的，倒像是佘太君了。按老一辈人的说话，地主婆子下了两个地主羔子，一儿一女，地主血统纯正，基因高贵，眼都立愣着，任谁带搭不理，一副还我山河的样子。两个人啥称号我忘了，只记得闺女的诨名字叫皮笊篱，小孩儿们还编了个儿歌儿：皮笊篱，不漏汤，漏汤就是小叮当。儿子结了婚，生了两男一女，二小子叫李一雨，和我同龄，又是发小，一直上完初中，我俩才各走各的独木桥。

一雨一生下来就是地主病，金贵，说白了，就是痨病，不能干活，走几步大喘气，呼呼的，声闻数十米。老肠子是孩子王，常带着我们打游击，一见面就阶级歧视，嚷嚷地主羔子万人恨。老肠子他爹"大跃进"时候，便是高级社的书记，老子英雄儿好汉，估计一肚子造反有理。叫着叫着，老肠子嫌长，说还是叫黑五类吧，形象。我说，不对吧，黑五类是五种人，和地主不是一回事儿吧？老肠子说，你管呢，反正席上地下，算是亲戚，都不听毛主席的话，不是正当玩意儿。一次，老肠子和我们打牌儿，每把六个人随机分两拨，三三成伙，百分制，抓特务，输了的就喝凉水。有一回，黑五类打秃了皮，一气儿喝了八茶杯水，刚喝完，一个嗝儿，脸煞白，嘴里往外吐泡沫，鼻子蹿水，吓得老肠子一蹦多高，俺娘哦，俺娘哦，黑五类斗出蜂王浆了。我们几个也唬得不行，黑五类翻了半天白眼儿，耷拉着头回去了。

上初中时，我们在辛集十四中，早晚跑校。春天到了，小麦窜出穗子了，黑五类说，偷草莓去吧，小老鼠家的。小老鼠当过几天代课老师，算是后的，不是亲的，打人又稳又准又狠，不得民心。我甚是犹豫，还得早自习，班主任点名没人，不得扒皮？

黑五类喘了喘，没事儿，在北湖，正好路过，偷小老鼠家的，又解气又解馋。草莓我只是听说过，人参果差不多，不知啥滋味儿，便从了。正摘着，远远传来一声，抓住了，抓住了。我慌忙抬头，一个人骑着自行车，自大路飞奔而来，一瞅就是小老鼠家大小子。我急了眼，抬腿就跑，黑五类反应慢，还蹲那摘，我一个旱地拔葱，从他头上飞了过去，也顾不得同甘共苦、哥们儿义气，一口气窜出几里地，在半人深的麦地里，趴了一早晨，没敢露头。这时候的小麦儿，白色的细花儿已经掉了，麦粒初长成，掐一掐，都是浆水。第二天，黑五类脸上兀自泛黄，说，小老鼠找到家里，讹了十块钱。又问，去你家要了吗？我不高兴，没有啊，咋了，招了？黑五类一挠头，一脸右派样儿。

这次福州之行，是偷草莓时光后的第一次见面。之前，只是听说皮笊篱早早到了福建，黑五类学习不好，把课本一扔，南下干部一般，一去不还乡。

黑五类的日子不好过。黑五类一提南方人，就大喘气。黑五类嫁到了南方，和丈母娘家住在一起，两层楼，鸡毛蒜皮相闻于巷。在老婆家眼里，黑五类不是地主羔子，也不是右派，就是一个佃户，业余时间则是佣人。丈母娘一大早就拿眼皮夹他，恨不得挤出二两鲁花花生油，且难舍最后一滴。到了晚上，老婆就翻兜儿，恨不得腔眼子都抠抠，戴笠、毛人凤一样，生怕工作不彻底，哪哪塞个钢镚儿，哪哪还有漏网之鱼。黑五类功能正常，生了两个孩子，这俩孩子随从未谋面的老爷，眼立愣着，动不动批斗黑五类，甚至还动手，就差贴大字报、喷气式了，一肚子革命恨，阶级苦。黑五类跟着老婆家表叔干活，搞啥外贸，这个老板不是一般人，剥削起来，是地主的祖师爷，一个月三千块钱，没周末假期，还动不动让黑五类搞接待，却一个子儿不给。黑五类没办法，只得独自垂泪。

说起这些事儿来，黑五类云淡风轻，一看就是受迫害的老油条。我暗暗叹了口气，怪不得你不回家。黑五类一撇嘴，回屁，腿着回去？俺爹死了没回去，俺娘死了，才申请了一千块经费，倒了几次汽车，到了家。我说，咋混成这样，小国儿在门口鸭厂里，一月都五千了，才干半天，窝窝秧秧，光娘儿们，回去算了。黑五类眼神儿一蹿，又收了，干不了，干不了，一干沉活儿，真气便不足。我说，你姑呢？黑五类摆摆手，别提了，退休了，在宁德，六七百里，浑身散了，就一口气儿。我又问，回家吗，最近，十一、过年的，喝气儿。黑五类呆了呆，孩子和我不近，想回去，家却没了。

黑五类姊妹三个，各占各的山，各为各的王。有时抄起电话来，说两句，就没词儿了，通话时间不如拨号时间长。我听了，甚是迷惑，地主家的孩子都和皇帝老子一样，一个爹妈，还分个嫡庶远近？黑五类娘死前，和大儿子说，老二在外地，俺这间屋给他，算是有点儿根。等黑五类回家了，他哥一会儿说钥匙不见了，一会儿说锁坏了，不让进去瞅瞅。黑五类直摇头，也不说话。

2016年秋天，黑五类忽然给我来了个电话，说在小国儿家喝酒，聊了半天，我始终没好意思问，他的路费打哪里收的租子。春节回家，碰见黑五类他哥，一雨回家了？他哥说，没啊，不知道啊，爱回不回。眼神儿凌厉，像是谁谁都欠了他的租子。我便不说了。

黑五类他哥和小国儿隔了一条小路，自家兄弟回没回来，都不知道，这就怪了。

跋

地衣，学名普通念珠藻，乃真菌和藻类野合的一种类共生植物，又叫地耳、地钱、地皮、野木耳。在我的老家，则称地蕨皮。文献中，名字更是绕口，《本草纲目》《养小录》《野菜博录》中的地踏菇、地踏菜和鼻涕肉，皆为地衣之别名。地衣结构简单，根、茎、叶不分，和海带、紫菜同为蓝藻类，无花亦无果。夏季雨后，一般在布有沙石颗粒的草根部，借助腐叶，生出地衣，黑中透绿，绿中渗出浅黄，色重者犹如泰山墨玉，其状有钱币般大小，触之肥润脆滑，煞是水灵。

说来奇怪，地衣在路边或田地草盛处，反而不见，一出日光，地表干了，便萎为干瘪的黑屑。不过，地衣生命力极是顽强，见水则复生，据说，潜伏期长达数十年。小时候，家里吃的不多，我比较偏爱地衣，算是不可得的野味。哪天下了雨，我和两个妹妹或玩伴儿就挎了篮子，去一公里开外的池嘴子捡拾。我庄和邻庄隔着一条狭长的活水大池子，谷歌或百度地图上可一目了然，跨度不过百五十米，这边除了草木啥也没有，对面则比比皆是。

捡回家,淘洗干净了,入锅炒鸡蛋,是妈提供的带有童年记忆的一道珍馐美馔。及年长,此等绿色食品只是反复出入梦中矣。

李村,位于蒙山东部,西距沂河两公里,在省道一侧,这里,就是生我养我的地方。李村有两千口人,我少时便在外求学,所识者不过三分之一,招呼者仅仅五分之一,至于说到曾经喝过茶聊过天儿的,不过百十人而已——这就是我们生活宿命的世界,局促、拥挤。我家位于村后,在村中最大的十字路口东南角有一处老宅子,因社区改造,爹将路北侧全部改造成了两层楼房,我家买的一栋和老宅对角相望。十字路口东北角是一根电线杆,已树立了三十多年。电线杆下,便是大家伙儿歇脚、乘凉、聊天特别是拉短长、论是非的场所。这个场所,是李村的春秋战国和史记汉书,一些人去了,一些人又填上了,像地衣,在雨前雨后循环往复而生生不息。老家以及它所衍生的旧事旧人旧物,就是我心里的地衣,以之果腹、疗伤和搁置疼痛而疲倦的神经,甚至进行精神性的反刍,是必不可少而又平常稀松的一道餐饮。不过,这道餐饮不可得而时常想、不可缺又可以无。

我喜欢在电线杆下聊天,观察,并做些简单的笔记,以期把握每个人独特而凄然的命运。某日,和几个老爷们儿聊天,忽然意识到去岁在此拉呱的人又少了一个,这种湮灭感让人难以自制。他们不是伟大或卑鄙的一群而是卑微的,和地衣一样,被生育他们的大地吞噬但又不可能再回来,甚至他们的存在很快消失在亲人的记忆里,仅仅成为一抔可以忽略的黄土堆,直到被岁月抹平。

而我所能做的，就是记录下身边的人，截取我所理解和认识的某个片段，将他们留在地表，借以覆盖我们裸露的情感和内心世界。一句话，我不记录，他们将永远消失，尽管这种努力徒劳，却也是一种明知不可为而为之的试图。只是，这些真实或虚假的他们离我和我的亲人太近，彼此构成牵连不断的纠葛，我只能变换一下名字——名字又有何用？地衣那么多称呼，谁又能记住，会在乎？记住又如何？——两千字左右将一个人描写尽了，隐藏在两页纸里，也许永不见天日。人啊，都不过是一粒粒尘埃，风一吹，就散了。

我所记录的乡亲，都是熟悉的、亲近的。他们没有那么高尚，高尚不符合人性真实，但他们是生动的、戏谑的，他们和这个无常的人间世保持着对应关系。最初，我是一篇篇在手机上按出来的，保持着一个中午午休时间一篇的速度。既而被工作打断，断断续续写了两年时间。写出几篇，发给几个朋友看了，都说写得很乐呵。只有一个朋友说，里面能看出人物的沉重、麻木和艰辛。我回复，你说对了一半儿，这就是本真的生活状态。当然，还有更不堪的一面，我不想说，至于哲学的、历史的，且由他人说去吧。话归正题。这些人物能出来，需要感谢的是自己，因为我对我的村庄保持着敬畏、喜爱和不舍，而不是一瓢泼出去的水，泼在城市的水，将自己蒸发在陌生的空气中或流淌在掺杂着污染物的人类里。当然，这是玩笑话，我更感谢我的家人和父老乡亲，感谢允许这些文字及其描述的人物存在的人，感谢那根电线杆，在它的下面，我们都是自己的异体人。另外，我也感谢促成这本书面世，允许这些小故事进入各大文学刊物，向读者推介本书的师友，某种意义上，他们也是本书的作者。

时间面前，人不是动物，而是植物。愿所有被时间吞噬的地衣，都能在另外一个宇宙苏醒、沉睡、苏醒。

2017 年 4 月 11 日

地衣